*imaginist*

想象另一种可能

理想国
imaginist

# Everything You Ever Wanted

Luiza Sauma

# 所有
# 你想要的

[英] 路易莎·萨乌马 著

李云骞 译

云南人民出版社

献给蒂姆和亚拉

# 目 录

0　另一颗太阳　　　　　3

1　一切都是新的　　　　13

2　自 由　　　　　　　27

3　面试-1　　　　　　　55

4　小天鹅　　　　　　　65

5　命 运　　　　　　　84

6　谢谢你，烟霾　　　　90

7　可怕的事　　　　　　103

8　面试-2　　　　　　　111

9　我想赢　　　　　　　120

10　哪个罗伯特？　　　　133

| 11 | 实验 | 141 |
|---|---|---|
| 12 | 面试-3 | 155 |
| 13 | 告别派 | 164 |
| 14 | 说点什么吧，什么都可以 | 180 |
| 15 | 离开 | 185 |
| 16 | 漂浮 | 189 |
| 17 | 第一年 | 195 |
| 18 | 有些事物是她最想念的 | 201 |
| 19 | 没有比家更好的地方了 | 206 |
| 20 | 还有这些事物 | 220 |
| 21 | 清扫 | 223 |
| 22 | 还有这些事物 | 231 |
| 23 | 埃利亚斯 | 234 |
| 24 | 还有这些事物 | 245 |
| 25 | 平安夜 | 248 |
| 26 | 事物 | 253 |
| 27 | 醒醒！ | 255 |
| 28 | 事物 | 260 |
| 29 | 所有这些渴望 | 261 |

| | | |
|---|---|---|
| 30 | 人们还关心金·卡戴珊吗? | 267 |
| 31 | 没有人在看了 | 275 |
| 32 | 还有人在看 | 279 |
| 33 | 有空打给我 | 292 |
| 34 | 是鬼魂?还是幻象? | 301 |
| 35 | 《卡迪什》 | 308 |
| 36 | 死亡迫近的狂喜 | 314 |
| 37 | 失 踪 | 318 |
| 38 | 叽叽喳! | 326 |
| 39 | 这里就是终点 | 334 |

地球

八年前

# 0
## 另一颗太阳

艾丽斯第一次听说"生活在 Nyx"是在一个寒冷的冬夜。那时她在伦敦的一间酒吧里,和她工作中的朋友一起喝酒。冬天、酒吧、伦敦、工作——她从未想过这些东西有朝一日会带上异域色彩,但事情确实如此。那天是周四。她的思绪一次又一次地回到那一晚。就像重温一部老电影,希望结局会有所不同,但结局却始终没有变过。

她听说过 Nyx,怎么会没听过,但对这档电视节目一无所知——那时它才刚刚公布。她知道 Nyx 是一颗类地行星,比地球小得多。她知道它的类太阳系只能经由太平洋的水下虫洞到达。她知道它没有卫星。她知道 Nyx 潮汐锁定,因此,与地球不同,它不会绕轴自转。它的一侧永远是白昼,而另一侧,则是永夜。它的亮面是一片淡粉色的沙漠,而暗面——谁知道呢?艾丽斯看过网上的照片。多数照片里，Nyx 就像粉色的撒哈拉。一些照片中，远处有一片森林环绕的靛蓝湖泊。一切都原封未动，就像地球曾经的样子。艾丽斯读到过，Nyx 的大气并不适宜人类生存，但有些人已经住在那儿了，在一个叫作*中枢*①的封闭结构里。他们会永远待在那里。没有回来的路。

只有老人、疯子、隔绝于人类的人不知道 Nyx，尽管一位英国人类学家玛丽亚·坦普尔，造访过亚马孙雨林中的一个偏远部落，就连他们也听说过 Nyx。他们并不完全了解什么是行星、太阳系、宇宙。但部落里的一名女婴就以这颗行星命名。坦普尔博士用手机拍了一张女婴 Nyx 的照片。她先是将照片上传到脸书，两周后就登上了《纽约时报》，被全世界几百万人转发。艾丽斯也刷到过这张照片，只是短暂的一瞥，当时她坐在去上班的公交上，但它没能引起她的兴趣，所以她的拇指划了过去。

酒吧的第二天早晨，她与这张照片再次相遇：一个棕色皮肤的裸体婴儿，长着几绺黑发，脖子上戴着一串珠子，可爱，崭新，远离文明。随后她找到了要找的东西。"生活在 Nyx"网站的设计十分优雅，用的是极简的字体和治愈的柔色。艾丽斯的工作就是和网站打交道，不由得在心里点了个赞。Nyx 公司的标志是低调的浅灰色，几乎藏在

---

① 原文为斜体，表引用或强调，中文版用斜体表示，下同。

页面底部。背景照片是某个沙丘,在阳光下闪着粉红色的光泽。那是另一颗太阳,不是我们这颗。一阵微风将细沙吹向空中。她才发现,这不是照片,而是视频。一个按钮上写着**点击播放声音**[1]。艾丽斯点击之后听到了 Nyx 上的风声,那是另一颗行星,在数百万光年之外。嘶嘶嘶,轻柔又催眠。她还在宿醉中挣扎。视频上出现了几行字,很快便消失了,又出现了另外几行:

美丽的新行星

有意义的新生活

你准备好了吗?

**进入**

艾丽斯尝到了喉咙深处胆汁的味道。她咽了咽口水,做了几个又快又浅的呼吸。吐肯定是会吐的——这只是时间问题。但在那之前还有事要做,她点击了**进入**。

接着跳出了一份冗长复杂的申请表。还有另外几个视频。有一份出资人名单,其中有几位知名的亿万富豪。还有一份扩建中枢的建筑规划图,这是"生活在 Nyx"中的社群居住的地方:中央是圆形的主建筑,周围有八个长长

---

[1] 原文为大写,中文版用粗体表示,下同。

的附属建筑——就像是从太阳中射出的八道光束。还有电脑生成的中枢内部影像。一切洁净崭新，光线充足，一尘不染。室内农场里种满了水果和蔬菜，等待采摘。餐厅里有桌椅和柜台，还有俯瞰风景的落地窗。一个大房间里，有人正一起健身，有人坐在沙发上阅读。在电脑生成的图像中，人们穿着一模一样、优雅宽松的灰色衣服，他们穿过走廊，工作，用餐，交际，表情平静满足。他们有着相似的、永不衰老的面容，但肤色却各不相同。

艾丽斯点击了另一个视频上的**播放**。如今你依然能在网上找到它，在"生活在 Nyx"官网的档案深处，但也许过不了多久就消失了。

\*

一个五十多岁的男人留着稍长的银发，坐在控制面板前，面板上密布着几百个按钮、开关、旋钮和显示器。透过面板上方那扇大窗户，可以看到 Nyx 空旷的粉色美景。男人的表情坦率真诚，面孔粗犷英俊，就像一位上了年纪的影星。他年轻时一定气宇非凡。他的皮肤很有光泽，眼睛湛蓝。他向镜头的方向靠过来，微微一笑。

"你好，我叫诺曼·贝斯特。"他的英音掺着大西洋对岸的风味，"我是**中枢**的负责人，这里是'生活在 Nyx'

社群未来的家。我们此刻十分忙碌，正在为重大发射做准备。我们迫不及待地想欢迎各位来到这个美丽的星球了。"灿烂的笑容。诺曼的牙齿完美无瑕。

镜头切到 Nyx 风景的蒙太奇：粉色的细沙，靛蓝的湖泊，电脑生成的房间图像。背景音乐是律动的电子乐。镜头切回诺曼。

"我们正在寻找一百名坚定强韧、不畏辛苦的团队成员，他们将来自各行各业——覆盖的国籍越多越好——成为我们这个开创性项目的一员。所有人都能大展拳脚——医务人员、园艺师、厨师、教师和工匠——尽管也有一些限制，参见 lifeonnyx.com 的条款及细则。"他微微一笑。"最重要的是，我们寻找的是梦想家：目光长远、不甘度过平庸一生的人。"

画面切到世界各个城市拥挤的火车车厢。人们沿着街道行走，低着头。

"我们正在寻找想要加入真正的、自给自足的社区的人，这样的社区在地球上似乎越来越难以为继。但在技术时代前，人类曾在这种和谐紧密的社会中生活了数千年。"

音乐转向暗沉，变成了不祥的嗡嗡声。

"我已经在 Nyx 上生活了四年。据我所知，地球上的生活比从前更艰难了。而在这里，没有战争，没有冲突，没有气候变暖。"

画面上出现了一队披挂着迷彩装备的士兵,端着枪,走在一条被炸毁的黄色街道上;接着是一头浮冰上的北极熊,四面被水包围。

"这里没有网络。没有手机。不用再生活在屏幕里。"

画面上,人们双目无神地盯着各种设备——公共交通工具上,办公桌前,餐桌上。

"没有电视,没有购物,没有加工食品——事实上,我们所有的食物都美味健康,也都是严格素食的。没有名人。那种把你自己与陌生人比较的生活也不会再有了。"

电视机,设计师精品店,一片油腻的披萨,社交媒体平台的蒙太奇。卡戴珊姐妹走过红毯,挂着一抹高冷的笑。

"没有薪水。没有税。没有干扰。只有友谊、社区和真正有趣有用的工作。你既有机会学习新技能,也可以积极充实地享受闲暇时光。这里有丰富的活动,我们的数字图书馆中有数千本书,还有海量曲库,全部由社群成员精心挑选。"

"团队和我热爱 Nyx 上的每一刻。就我个人而言,我对地球没有丝毫想念。这个星球在现实生活中比屏幕上更为迷人。真的,你从没见过的这样的东西。大家热切盼望着建立起属于我们的社区。"

镜头切回风光,沙丘,无月的蓝天。令人平静的嘶嘶的风声。

"最后,我们希望把成千上万的人带到这里,开创一种与地球全然不同的生活。加入开拓者——第一批 Nyx 人的行列,是一生一次的机会。这是一张单程票,去往一颗无与伦比的新星球,这是一次有所作为、创造历史、过上更好生活的机会。"

诺曼出现了。他神采飞扬,扬起一边的眉毛。

"你准备好了吗?"

渐渐隐去,一片空白。

＊

酸味从艾丽斯的喉咙涌进嘴里。她合上笔记本电脑,踢掉羽绒被,冲去卫生间吐了。之后,她蹲在地板上,对着马桶呼气时,发现自己还穿着前一天的衣服。长长的黑发上沾着几块呕吐物。

妈的,她想。上班要迟到了。

＊

Nyx,以那颗粉色地内行星命名的那个女婴怎么样了?人类学家玛丽亚·坦普尔再也没有回过亚马孙,因为她在学术界找不到体面的工作——尽管她拥有硕士和博士学位、几段博后经历和短暂的声名。最后，她接受了一家市场调研公司的工作，在那里，人类学家的技艺有更高的报酬。几年后，另一个人类学家造访了 Nyx 出生的村落，但那里空空荡荡，已然荒弃，被长势迅速的绿色丛林遮掩了大半。没人知道女孩 Nyx 的下落。

NY/

七年前

# 1
## 一切都是新的

"欢迎大家，欢迎来到 Nyx。"诺曼对着麦克风说，他的声音越过走进餐厅、互相问好的人群的喧嚣。房间弥漫着干净的人工气味，就像一双新鞋。诺曼站在演讲台上，与其他 Nyx 人穿着一样的灰色宽松衣服，但看起来有点不真实，名人总是如此，他面容英俊，一头银发，晒黑的光滑皮肤不像一个住在中枢、远离阳光好几年的人。也许这是天生的——好基因和人格魅力。他向人群挥手，微笑致意，露出整齐洁白的牙齿。

艾丽斯立刻认出了他。大多数人都可以。他是"生活在 Nyx"招募计划的代言人，线上内容的明星。全世界的政治家、记者和科学家都在谴责他。一个知名的天体物理学家说他是当代的花衣魔笛手，带领一百个白日做梦的人走向死亡。艾丽斯拜倒在他的风范下。

"请坐，"他说，"如果你能找到位置，但我想经历了从地球到这里的漫长旅途，多数人都乐意站着吧。"

人群发出一阵赞同的低笑。还有人在伸展僵硬的脖子和四肢。旅途的大半都是躺着，被安全带固定在床上整整一周。如果不算已经在 Nyx 上生活了几年的前辈，总共有一百人。新来的人不停地看向墙壁，那里挂着黑色摄像机，将信号传输回地球。

"我叫诺曼·贝斯特，"他说，"是*中枢*的负责人，这里是你们的新家。"

后排有人开始欢呼，接着又是一声，然后所有人都开始鼓掌、叫喊，形成一阵狂喜的喧闹。艾丽斯也加入其中。她的头发还是湿的——她刚刚和另外几个女人一起，在 2 号附楼洁白闪亮的浴室里洗完澡。抵达 Nyx 后的一个多小时里，她一直在笑，笑得下巴都疼了，但这是美好的、幸福的疼痛。人群的喧嚷从崭新的墙壁上清脆地弹回来。一切都是新的：他们的家、他们的衣服、他们的白色运动鞋、他们的电子腕带、他们的生活。他们是新的，地球是旧的，他们再也见不到地球了——感谢上帝。

诺曼皱起的眉头、苍白的眼白、捋过头发的手都透出一丝不耐烦，但掌声平息时，他用微笑掩饰了过去。

"谢谢大家，谢谢。各位这么激动，我很高兴。我也很开心，我迫不及待地想了解你们每一个人。我的团队随时为大家服务。如果你有需要，不管是什么东西，都可以用平板电脑给我们发私信，平板电脑将在稍后发给大家。"

人群中涌起激动的低语。当然，平板电脑没有接入互联网，因此没有新闻，没有邮件，没有播客，没有前任的婚礼照片，没有小狗在雪地里撒欢的视频，没有关于当代爱情的深度好文，尽管如此，它仍然值得期待。

"很快，大家就能访问我们精美的电子图书馆和由各位自己选择的曲库了。"

在加利福尼亚州的训练营里，每个人都选了一首歌曲带去 Nyx。艾丽斯选了弗兰克·奥申的《粉 + 白》（"Pink + White"），一首她以为自己永远也不会厌倦的歌。但话说回来，这首歌出现在她的生活中也不过几年。

"你们的平板上还会收到许多关于各种工作和活动的信息。如果你想开班授课或者发起小组，请放手去做！我们来这里就是互相学习的。你们可以给 Nyx 的同伴发信息，但这地方并不大，相信你们发的信息不会像地球上那么多。"

艾丽斯站在后排。她转过头，朝 G 区的朋友们微笑：伯明翰的拉夫，圣保罗的维托尔和她的室友，旧金山的艾比。他们也回以微笑。艾比缀着雀斑的棕色皮肤散发着愉悦的光泽。在加州，四人发展出了肤浅的友谊，就像夏令营里刚认识的挚友。艾丽斯并不认识其他人。他们被刻意分开,这样观众就能看到他们在 Nyx 上互相认识的过程。每个人都眼神明亮,魅力十足;他们来自众多国家,但大部分是美国人,除了和诺曼一样的前辈,都是二三十岁。没有婴儿,没有儿童,也没有老人,但这注定会改变。他们迟早会变老,生儿育女,共度余生。

"这是一次把一切抛在身后的机会,"诺曼说,"邮件、信息、推送、与几乎不算认识的人的不断交流。在这里,你会和周围的人、周围的世界产生更紧密的联系。"他张开双臂。人们与周围的人对视,互相点头微笑打招呼。"要知道,你参与了一项伟大的实验,是全世界——不,全宇宙——有史以来最伟大的实验之一。"

艾丽斯把右手伸进口袋。她下意识地去拿手机,但口袋里当然空空如也。她用手指揉捏着柔软的布料。她的手机在地球上,现在属于一个洛杉矶的女客房服务员——一个她从未见过的人。一阵惊慌的空虚向她袭来,一种远离现实的感觉。她每次戒烟都有这种感受。几个月后,当这种渴望的杂念退去,只剩下微弱的嗡鸣,她就会宣告自己已然痊愈,可以向别人要一支烟了。但现在,这已经不可能了。

"这是历史,"诺曼说,"正在发生的历史。"他指着地面。"就在这里!就在此刻。人类第一个外星殖民地。你们想过自己有生之年能见到吗?想过自己能参与其中吗?"

她会成功的。她自由了。再也没有烟了。再也没有无休无止的滑屏了。她笑了。太好了。这种空虚太好了——这是一个信号,预示着更深重的空虚很快就会消散,永远不再回来。

"此刻是一个毕生梦想的顶点,"诺曼接着说,"我还是个小男孩时,就满脑子都是星星。大多数小孩长大的过程中会逐渐忘了它们,但我没有。你们也没有!"

掌声。欢呼声更响了。诺曼的眼中泛起泪光。艾丽斯也是。她的两颊像是要烧起来,她的全身在发烫,像仙女棒一样炽热明亮。地球在看着。现在他们知道了,她心想。现在他们知道我为什么来这里了。

"无论发生什么,"诺曼说,"要记住,你们都是无畏的勇士。你们将被世人铭记。你们都在创造历史!"

人群回应以排山倒海的呼喊。人们彼此推挤,大叫,大笑,喜极而泣。艾丽斯能感觉到他们的汗水从新衣服里渗出来,渗进她的衣服里。

"就是这样!"诺曼说,"哈哈,这就对了!欢迎回家,各位梦想家。欢迎回家!谢谢你们让这个小男孩梦想成真。"

每个人都欢呼起来。艾丽斯不停地鼓掌,直到手都疼了。诺曼像个演员那样鞠了一躬,腼腆地笑了笑,指着人群挥手致意。某一刻,他似乎直视着艾丽斯。她感到一股暖意在腹部炸裂开。窗外，粉色的沙丘在朦胧的阳光下闪着微光，甚至比网站上更加精致细腻。Nyx 的这一带永远是黄金时刻——一天中她最喜欢的时候。这是真的，她想，这一天终于来了。她还在鼓掌。她的双手很痛，但她停不下来。她的脸湿了，满是眼泪。

诺曼走下讲台时，她与人群一同高唱：

> 生活在 Nyx！
> 
> 生活在 Nyx！
> 
> 生活在 Nyx！

\*

之后，G 区所有人都参加了迎新导览，导游是一位热情的美国女人，名叫阿曼达，这里的前辈之一。导览以餐厅为起点，阿曼达作了简短的介绍。

"你们也许已经注意到了，从上往下看，**中枢**的设计是对太阳——或者花的模仿，"她笑了笑，"一切都从中央，也就是这里的核心辐射开来。"

大部分公共区域位于建筑中央的圆形部分。她还介绍说，除此之外，共有八个附楼：1 号到 5 号附楼是 A 区到 Y 区，大多数 Nyx 人住在这里；6 号到 8 号是家庭宿舍、控制人员宿舍和农场。

接着,她领着他们穿过厨房,来到一个巨大的储藏室,里面的农产品从地板一直摆到天花板。他们在步入式冷库里瑟瑟发抖,还瞥了一眼堆满工业洗衣机的洗衣房。起居室静谧而崭新,摆着新沙发和高高的盆栽。他们在每个房间门口刷手环,发出一声高亢而令人满足的哔。参观结束后,阿曼达解释说,活动范围会局限在部分区域。

"只是出于安全考虑。"她说。

一个工作坊里摆着千百件工具,随时可以取用。几间医疗咨询室很小,十分整洁,空无一人,家庭宿舍也一样,伴侣和孩子可以在这里一起生活。阿曼达领着他们走过控制人员宿舍,这里是前辈的住所,但他们没有进去,直接去了控制室,诺曼和三个队员正在里面工作。控制室是一个半圆形的空间,视野开阔,能看到窗外的美景。这里没有摄像机。一行人进来时,诺曼转身站起来,露出微笑。

"欢迎!"他说,"这里是奇迹发生的地方。"

他和大家一一握手,专注地听他们做自我介绍。视线对上他的蓝眼睛时,艾丽斯的心脏跳得格外轻快。诺曼解释着控制面板各种不同的功能,她向窗外望去。几米之外,两个戴着氧气面罩的人正在沙地上测量。

"怎么不跟大家讲讲外面这是在做什么?"阿曼达说。

"当然。正如各位所知,我们最终要将更多的人带来

Nyx。我的同事正在外面为扩建项目**中枢 2 号**做准备,计划几个月后动工。"

"真不错。"阿曼达说着,转身面向人群,"好了各位,还有一处要带你们看看。"

他们走进 8 号附楼,被一团潮湿的云雾裹住了。空气中弥漫着青涩和成熟交织的气息。农场的建筑比例和宏伟气势就像维多利亚时期的温室——植物高大闪亮,还有一个穹顶;透过玻璃墙,能看到粉色的美景上映着深深浅浅的绿荫。

"这里每周日对所有人开放。"阿曼达说,"置身大自然中的感觉真好,不是吗?其他时间里,这是一个正常运转的农场。你们都有机会在这里工作。希望每个人都可以参与到我们食物的种植中来。"

艾丽斯和艾比手挽着手漫步其间,就像在游览高雅的植物园,她们聆听着洒水器的嘶嘶声,感受着气候的变化——从闷湿的热带区走到了一片干燥和暖的地带,如同英格兰的好天气。农场里种着草莓、西葫芦、番茄、菠萝、牛油果、绿叶菜,还有兰花、蕨类、仙人掌等观赏价值大于食用价值的植物,还有许多艾丽斯不认识的植物。他们向出口走去,她伸出手,让植物抚过她的指尖。

后来，这群人聚在起居室里。艾丽斯挨着拉夫坐着，靠在他结实强壮的身体上。他从前是一名私人教练，有着平易近人的风度，是印度移民家庭的幼子。他们在加州第一次见面时，艾丽斯就发现，他的外形和气味对自己产生了强烈而本能的吸引，仿佛他们都是野生动物，但自那以后，这种感觉渐渐消散了。

每个人都有自己的故事，每个故事都有同一个结局——离开地球，来到 Nyx。拉夫告诉大家，他最爱的姨妈很早就去世了，临终前嘱咐他不要虚度人生。维托尔，瘦削、伶俐，神情中透着一丝刚毅，讲了自己在圣保罗做急诊医生的经历，讲他怎么给受了枪伤的孩子缝合伤口，还讲到他的父母，他们一直不知道他是同性恋。

"现在也许知道了，"他说，"如果他们在看节目的话。"

一个叫乔纳的男人和艾比很快熟络起来——他们都是犹太人，都住在旧金山湾区。他们花了好一阵子想弄清楚彼此有没有共同的朋友，最后发现没有。柏林的汉斯说他照顾了患肺癌的母亲一年。她去世后，他觉得一切都失去了意义。

"所以我来了这里。"他说话时带着笑意。

俄亥俄州辛辛那提的伊丽莎白告诉大家，她曾梦想成为一名歌手，但最终做了人力资源。她的金发编成长长的辫子，和艾丽斯的母亲从前一样。

"上帝啊,"她说,"能离开我真是太高兴了。"

"那是我人生中最美好的日子之一,"艾丽斯说,"我辞职那天。"

"你之前是做什么工作的?"

"我是一个数字创新架构师。"她捂住脸,开心地笑了,过去的生活离她多么遥远啊。

"这到底是什么意思?"汉斯问。

"说实话,我也不知道。"

"什么意思也没有。"伊丽莎白说,"毫无意义。"

\*

接下来的几周里,夏令营的感觉依然持续着,不仅因为新的人和环境带来了新奇感,还因为隐约知道数百万人正在电视上看着他们,辨认他们的名字,记住他们的长相。他们渐渐习惯了摄像机的存在,习惯了看不到日升日落,习惯了窗户自动变得漆黑一片,习惯了一直穿同样的衣服,习惯了按严格的时间表醒来、睡觉、吃饭。规律的生活带来某种抚慰。根据住处和曾经的职业,这群人很快形成了许多朋友圈子,就和地球上一样,但与地球上不同的是,每个人都尽可能地开放和包容。

一开始,艾丽斯和其他社交媒体内容创作者交上了朋友,但他们的工作没有多少交集,所以渐渐疏远了。他们的工作量不大:拍几张照片,写几行字,然后点**发送**。多数内容是在地球上一个办公室里制作的,但艾丽斯什么也看不见。她和同一个清洁小组的裕子和斯特拉关系更亲密,当然还有 G 区其他几位居民。

闲暇时,Nyx 人会睡个好觉,吃健康的食物,去上拉夫的健身课,但多数时候,他们会聊得口干舌燥——生活、国家、从前的工作,这些不再定义他们的东西。在地球上,这类对话会被剪辑成更好消化的内容切片:每日秀、短视频、博客、图片、推文和段子,多平台同步放送。也有直播,是给那些想要时刻看着他们的死忠粉准备的。

在 Nyx 上,似乎没人不快乐;人人都心满意足。艾丽斯很多年都没有这么舒畅了。有时她也会想起家,但并不渴望回去。她希望家人朋友一切都好,她在想他们看不看节目,有没有从她离去的伤痛中走出来。也许会有一场海啸席卷伦敦,把整座城市变成汪洋,而她永远不会知道。

还没有过去多久。他们也许还没有走出来。

现在是伦敦的秋天。天气渐渐凉了,叶子一点点变红,从枝头落下来。艾丽丝的母亲大概正从成堆的樟脑丸里拣出她的黑色长大衣。前同事们或许还在各自的办公桌前敲着键盘,为报告或 pre 做准备。这座城市应该还没有被卷走。十有八九,一切都还是老样子——至少目前还是这样。

她最喜欢的是周五。早上,她与斯特拉和裕子一起打扫卫生,边干活边聊天,下午,她在农场与艾比、拉夫和维托尔一起工作。在地球上,艾丽斯几乎连棵仙人掌都养不活。到了 Nyx,她学会了种绿叶菜、番茄、土豆、甜菜、南瓜——任何东西。他们一起劳作,在玻璃穹顶下汗流浃背,享受外星太阳的暖意。首席园丁肖恩是美国人,手臂上有几个褪了色的文身,在他的指导下,他们学习播种、修剪、耙地、采摘,直到形成习惯。结束后,她会洗个热水澡,在床上躺一会儿,听听 Nyx 曲库里那些熟悉而舒缓的音乐——弗兰克·奥申那首歌,或者是德彪西的《月光》。随后,她在餐厅和朋友们会合,吃着一起种的食物,一直聊到这一天结束。

地 球

八 年 前

## 2
## 自 由

在伦敦，一月份是一年中最难熬的时节。圣诞期间慵懒的幻觉——赖在床上的漫长上午、醉醺醺的漫长夜晚、看个没完的电视节目——已经让位于清醒的现实感：哦，这才是生活。这是艾丽斯在地球上的倒数第二个一月份。她在自由公司工作，这是一家创意代理公司，在纽约和阿姆斯特丹都设有分部。到了月中，清醒的现实感变成了麻木的接受。那天是周四——那个周四，她发现"生活在Nyx"的那天。

下午，她和同事埃迪，确切地说是她的下属，做了一场试用期评估，地点在最近才取名为创意盒子的小会议室里。（董事会议室现在叫创意实验室。）会议开始前四十分钟,她吞下一片粉色的普萘洛尔①,是在网上买的。她不喜欢看医生,不想留下自己是个疯子的记录。药片抚平了她的焦虑,为它涂上一层光泽,像化了妆。在发现这种药之前,血管里的肾上腺素有时会逼得她从房间逃离,就像一只在躲避迎面驶来的汽车的动物。握有权力,即使是微不足道的那种,也让她觉得很不自在。而艾莉森,她的上司,似乎从小就能运用自如。有朝一日,艾丽斯也能达到这种境界吗?

大多数同事都和她差不多大,二十多岁的样子。年长些的人通常心力交瘁,有了孩子,或者精神崩溃,然后辞职,重新接受职业培训,做点更有意义的事,比如糕点师或瑜伽教练。自由公司年纪最大的人是董事罗杰,他鲜少注意到艾丽斯的存在。从浓密的灰发到他的意大利布洛克皮鞋,浑身散发着财富和自信的光芒。艾丽斯既不想做糕点,也不想教瑜伽,她不知道自己想要什么。她经常想:那些像我一样的人,不再年轻了会怎么样?一无是处的人——他们都去了哪里?

这是个无关紧要的会,但艾丽斯经常想起它。记忆就是这么奇怪。一些记忆,即使是美好的,也会像液体一样

---

① Propranolol,用于治疗高血压、心律不齐、甲状腺功能亢进症、表演焦虑症等。

从指间流走，其他记忆则会莫名地抓着她不放。烂电影的几句对白。讨厌的歌词。她还记得创意盒子那个下午的情景。太阳西下，投下一束玫瑰色的光，落在埃迪英俊而顽皮的脸上，落在他波浪般的金发与蓝色的眼睛上。除此之外，房间里一片昏暗，办公室的温度难以定义——同时开着空调和暖气——以至于艾丽斯的手臂激起了鸡皮疙瘩，腋下却渗出了汗水。她从早上九点半起就没出过办公楼，一分钟也没有。现在已经过了下午四点。她感到四肢发沉，太久没活动了。两人的脸都泛着油光，有些发红，但那束光让一切显得都还 OK。让人感觉这场会议已经变成了一场回忆——朦胧而又精确。虽然吃了药，但艾丽斯还是觉得有些紧张。

"很高兴地通知你，你通过了六个月的试用期。"她用排练过但很随意的语气说。

"哦，哇哦。"埃迪说，他的肩膀松弛下来，"太好了，谢谢。"

"到目前为止，我们对你的工作非常满意。"

他如释重负地叹了口气，艾丽斯既为他难过，也为自己难过——如此依赖虚伪的肯定。两人都装作没有无数次一起喝得烂醉，没有从艾丽斯刚进自由公司起就开始调情，那时埃迪也才刚来几个礼拜。

"你具有真正的，呃，团队精神。大家都很喜欢你。

我们都很喜欢你的作品。"

"好的。"

"你为纯粹酸奶制定的内容战略,我印象非常深刻。"

埃迪面带微笑看着她,仿佛他们在玩游戏,事实也确实如此。

"你满足了客户的要求,还往前走了更远。"她说,"客户非常满意。成品让人耳目一新,与众不同。"她照着笔记本读,仿佛它是个剧本,但她努力用微笑和手势来掩饰这一点。"艾莉森和我特别喜欢那几个视频,人们分享自己关于纯粹本质的故事。简直太……直击人心了。我都要流眼泪了。真的!"她笑出声来,不惜自贬地恭维道。

"噢,太好了。"埃迪说。

"有意义的内容,真正能与人建立联结的那种——简直是做梦,而且很难实现。给客户留下了非常好的印象。"

他笑了,她也笑了。

"很高兴你喜欢。"

"不过还有几件事情要和你谈谈。"

"哦?"埃迪说,笑容逐渐消失。

"没什么大事,别担心!"艾丽斯咯咯笑着,感觉眼睛就快瞪出来了,脸也因为用力过度而发痛,"放心吧,我们对你的表现很满意,不过还有几件事情。我是说,你也知道你有时有点健忘。"

"Ins 那事吗?"

"是的,那是其一。"艾丽斯说,语气失望但充满同情。

埃迪表情严肃,充满歉意。"我也不知道自己怎么了。那周我的工作太多了。"

"还有脸书的事。你去休假了,根本联系不上你。"她没有直接问"你为什么不 check 邮箱",但就是这意思。休假时 check 邮箱不是硬性要求,而是内在要求。

"不过客户没有发现。"埃迪说。

他不在乎——他们是相反的两极。最起码,艾丽斯在乎自己是在乎的,哪怕只是看起来。她忍不住开始钦佩他。

"点不在这里,埃迪。只是艾莉森和我没有给客户发现的机会。"

"你说得对,我干的蠢事。"他低头盯着桌子,"抱歉。我手头的事太多了。我感觉,呃,快要崩溃了。"

玫金色的光束依然投在他的脸上、眼睛上。艾丽斯有种给他拍照的冲动,因为光线太美了,但这样不专业。她只好把这一幕记在心里。

"听我说,"她说,"我知道这不是什么救人性命的工作,但你还是列个备忘什么的吧。我没法一直替你掩护。我希望这样能起作用。这些事情就翻篇吧,好吗?"

"好的。"

"但今后,你觉得工作负担太重的话,来找我就好。"

艾丽斯在空中挥了挥手臂，就像巫师挥了挥魔杖，"你是我直管的。我可以帮你。总有办法解决的。"

"真的非常感谢，艾丽斯。你真的是一个很棒的上司。"

这是一场滑稽戏。艾丽斯知道，埃迪知道，他们都知道对方也知道。

"不客气。你还有什么问题吗？"

"没有了。"埃迪说，这正是艾丽斯期待的回答。

"那我们回工位吧？"

他们起身时，光束从埃迪的脸上移到了放营销奖杯的架子上。艾丽斯假装要去卫生间，这样他们就不用一起回工位，一路闲聊了。她的脸笑得酸痛，头也因为装模作样太久而发疼——真是太累了。她走到男女共用的卫生间门口时，艾莉森正好走出来，穿着利落的蓝色西裤套装和白色运动鞋，金发扎成一个圆髻。她会意地一笑。

"缓刑听证会[①]开得怎么样？"她问道，好像埃迪是个罪犯。

艾丽斯不打算纠正她。"挺好的。"

"我们聊聊？"

"好，你想的话。"

---

[①] Probation Hearing，probation 同时有"缓刑"和"试用期"的意思。

"进来说吧。"艾莉森说着,把门开得更大了点。

"在厕所?"

"残疾人隔间,不是普通隔间。这层楼没有别的私密空间了。"

"我们可以去创意盒子?"

"不,这里更快。来都来了。就是个迷你会。"

迷你会是一场五分钟会议,为了效率最大化,与会人员都站着。艾丽斯并不想在厕所开会,但上级的提议她一般都会同意——这样生活更好过。

于是她说:"好。"

艾莉森环顾四周,确认周围没人往这边看,两人走进残疾人隔间,锁上门。自由公司并没有残疾员工,这个隔间主要用来拉屎,因为相比于其他隔间,它更私密和宽敞。因此,隔间里散发着各种人的各种屎的气味,就像一张屎的羊皮纸,被重复利用过很多次,热带香型的空气清新剂几乎不起作用。她们面对面站着,闻着同事们留下的屎味。

"味儿有点大。"艾莉森说着,皱起了鼻子,"太恶心了——居然在上班时间大便。"

"你这么觉得?"艾丽斯说。

"这也是要看时间和场合的。"

"那如果真的很急呢?"

"憋着就是了!"艾莉森抿紧嘴,睁大双眼,仿佛她怀疑艾丽斯是个明目张胆在上班时间拉屎的人。艾丽斯确实这么干过。也许这就是艾莉森成功的秘诀——戒屎。她比艾丽斯大三岁,薪水是艾丽斯的两倍。有丈夫,有孩子,有房子。自由公司几乎所有人都讨厌她,但她成功地给罗杰留下了能干的印象,而这才是最重要的。

艾莉森掩住鼻子。"话说回来,跟埃迪聊得怎么样?"

"还挺顺利。他对自己搞砸的事情非常抱歉。"

她用力点点头。"他找了什么借口?"

"他说他累得快崩溃了。"

"呵呵!胡扯。他干的那点活儿有我们的零头多吗。我昨晚在床上干到凌晨一点,早上七点又坐在办公室了。"

"哇哦。"艾丽斯想象着,艾莉森在丈夫想睡觉时疯狂敲着笔记本键盘的样子,"你一定很累吧。"

"我没事,艾。我不像埃迪,我受得了。"艾莉森过去几周里一直简称艾丽斯为艾,这是一个明确的信号,说明在她眼里她比其他同事略高一筹。"我不指望他像我一样努力工作。但说什么要崩溃?可别闹了!"

"倒也不至于。他是犯了几个错误,但也真心道歉了,也希望有个新的开始。"

艾莉森宽容地笑了。"他可真幸运,有你做他的直属上司。"她摸了摸艾丽斯的胳膊。她的手很硬,像木头一样。"你人真好,艾。也许好过头了。"

"呃，谢谢。"

"还有，你三文鱼项目的战略进展怎么样了？"

"三文鱼项目？"艾丽斯慢慢地说，希望能唤起自己的记忆。有爆点项目、大象项目、幼苗项目。哪个是三文鱼呢？"在做了，下周交给你。"

"好极了。不过也许明早之前就给我呢？"

"没问题。"

已经五点多了，但艾莉森肯定会忘记新的 deadline。

"很好。我想周末先看一看，提前了解一下。"艾莉森看了眼手机，叹了口气。"好了，我还有个会。我先出去，不然会显得有点奇怪。"

"我本来也要上卫生间，我留在这儿好了。"

艾莉森皱了皱眉头。"这个隔间是给残疾人用的，艾。用这个不公平。"

没等艾丽斯回答，艾莉森就大步走出了隔间。艾丽斯在她身后锁上门，拉了一坨巨大的、充满意外之喜的大便。

刷着白墙的开放式办公室里，她回到桌前，先 check 了一下她的私人邮箱。有一封来自鞋店的邮件。主题是：我们很想你。不，你们不想，她这样想着，取消了订阅。还有一封基兰的邮件，让她在回家路上买点橄榄油和卫生纸。她称呼艾丽斯最亲爱的，落款是爱你，仿佛她们是一对爱侣。

几条消息飞快地出现在屏幕上：

**珍妮**

各位，来两杯吗？今晚喝酒？反正周四就是小周五嘛

**里奇**

好的，来

**埃迪**

我有约了，但可以先过来喝一杯

珍妮、里奇和埃迪与艾丽斯坐在同一排办公桌上。其他同事总是能看出他们在互相发消息，因为他们的呼吸不时夹杂着被逗乐的轻快气息。

**珍妮**

有约？是女——的吗？！

**埃迪**

对，我妹

**珍妮**

没劲

艾丽斯是圣诞派对后被拉进群的，派对从午餐开始，

最后剩下他们四个一边嗑摇头丸,一边唱K到凌晨四点。被拉进群的感觉不错,但艾丽斯担心跟同事这么亲近,这么没界线,会影响她的事业。最好还是保持距离和神秘感,像罗杰那样,或者做个不受欢迎的疯子,像艾莉森那样。

**珍妮**

艾丽斯?来不来?

艾丽斯并没有立刻回复——她不想显得太积极。她在收件箱里搜索所有提到三文鱼项目的邮件,看看能不能找到点线索。有六十七个结果。见鬼,她心想。

**艾丽斯**

好啊,我应该可以。

**珍妮**

耶!!

除了要买橄榄油和卫生纸,艾丽斯没有任何安排,但表现得有点不确定、不见得能去总是没错的。

**里奇**

伊甸?

**珍妮**

还没到去伊甸的季节呢。圣诞节过后还穷着呢

**里奇**

也是啊,有道理

群聊里的等级变了。虽然珍妮是四个人中最小的,也是最晚入职的,现在做主的却是她。她自信得可怕,既迷人又邋遢;她染的红发就像经历过暴风雨,身上经常散发着汗味,但很甜美。

**埃迪**

酒吧?

**珍妮**

好!

**里奇**

很好

**艾丽斯**

感觉不错。

艾丽斯回复时,发现软件自动把每句话首字母大写了,这说明里奇手动把大写改成了小写。他的消息因而有了一种安静、简练的诗意。他是群里最年长的——三十岁——

自由公司唯一的黑人员工。通常来说，广告公司的员工都是同质的，可以互相替换，但自由公司网站上搞怪的**团队**页面则反驳了这一铁律。在那里，每个人都分享了一则有趣的事实——自己最喜欢的自由斗士。罗杰的是切·格瓦拉。艾莉森的是甘地。艾丽斯入职时，最知名的那些都被挑完了。她在维基百科寻觅了五分钟，选了斯巴达克斯。

**珍妮**

我们一个一个地走，这样他们就不知道我们要出去浪了。我今天可不想再应付别人了

**里奇**

酷

**珍妮**

我先走

**艾丽斯**

我还有点没搞完——晚点去找你们。

**埃迪**

Ok

**里奇**

（你们看到这个了吗？今天刚上线的 http://www.lifeonnyx.com

几分钟过去了。

**埃迪**

好酷!

**里奇**

挺神奇哈,我没准儿会申请呢

**珍妮**

好了我先溜了!

*

离开办公室之前,艾丽斯粗略地读了几十封关于三文鱼项目的邮件。每一封都愈加难以理解。她既无聊又疲倦,文字好像在屏幕上跳舞,模糊成一团空话。

可落地的见解　　动态、整体的社交

　　全新的数据分解方式　　　打造自主设定的云端体验

　　更高颗粒度的细节　　多平台协同效应

　　　数据要会讲故事

　　深耕品牌机会

　　　　重塑主流趋势!

就像当侦探一样，但她要查明的不是谋杀案，而是自己赖以为生的工作究竟是什么。她打开了一个新的 Word 文档，在顶部写下了标题，然后加粗，加上下划线：

**<u>三文鱼项目：数字战略</u>**

其他几人都在酒吧。他们以为艾丽斯是个工作狂，但这只是她的伪装——她不知道自己在做什么。她把三文鱼计划加入待办列表。就算她不明白这个计划是干什么的，明早赶出个小方案来也费不了多少工夫。只要多用点时髦的词和短语——越晦涩越好——艾莉森一定会满意的。

她关了电脑，站起身，从挂钩上取下外套。办公室还有一半人没走。她往外走的时候，看到了同事马克在冲着她摇头，有点不满，又有点自得。他距离本日殉道者、最努力的员工、他们中最纯粹的人又近了一步。

外面，冬日的空气扑在她潮湿发烫的脸上，凉爽而又清新。艾丽斯觉得自己像一袋面粉，沉重而迟钝。除了几个会议，她已经在桌前坐了十个小时。一个更好的人会去健身房运动来弥补，但她不是更好的人。酒精比运动见效更快。

"你来啦！"珍妮在酒吧一角的卡座上大喊。

艾丽斯在脸上摆出一个兴奋的笑容。"耶！"

珍妮站起来，搂住她，仿佛她们是一对几年没见面的好闺蜜。艾丽斯感觉有点温情，又不太自在。她希望自己能更习惯拥抱。她不是在这样的环境里长大的，母亲已经很多年没抱过她了。埃迪和里奇看她一眼，点点头，两人聊得正在兴头上，眼神明亮而专注。

"有人要喝酒吗？"艾丽斯问。她感觉挨着珍妮的左半边身子的皮肤有点发抖。

"刚喝过一轮。"珍妮说。

艾丽斯终于脱身，去了吧台，回来的时候拿着一品脱淡啤酒和两包盐醋味薯片。

"你们在聊什么？"她问道，说着撕开其中一包薯片，放在桌上。"自己拿。"

每个人都拿了几片。

"我不是给你们发了条链接吗？"里奇说。

"我还没顾上看。"

"一个把人送到 Nyx 的项目，那颗星球，你听过吧？"

四年前，登陆 Nyx 曾轰动一时——这是自尼尔·阿姆斯特朗在月球上行走以来，星际旅行取得的最大突破。有时 Nyx 人，他们这样称呼自己，也会出现在新闻里，但并不多。由于技术原因，他们偶尔才能和地球联系。

"哦，对哦，"艾丽斯说，"我好像在推特上刷到过。

那儿不是早就有人住了吗？"

"没错，但都是科学家。"里奇说，"他们想送一百个人过去，普通人。今天刚开放申请。"

"一项多平台的社会实验。"珍妮说着，在空中比了个引号，"今天早晨广播里他们的原话。"

艾丽斯抿了一口啤酒。味道像希望和快乐，像解脱。

"但问题是，你永远也不能回地球了。"里奇说。

她抬起头，突然来了兴趣。"永远？"冰凉的啤酒顺着她的喉咙滑得太快了。她用拳头遮住嘴，轻轻地打了个嗝儿。

"是啊，就和第一批 Nyx 人一样。现在还是没有回来的办法。你后半辈子就在那儿了。据说是虫洞的缘故——虫洞是单向的。"他笑了，"好疯狂。"

"太疯了，"珍妮说，"什么人会去报名啊？"

"你们看到图了吗？"里奇问，"那个叫中枢的地方看着太棒了。"

珍妮翻了个白眼。"就像 Airbnb 的特色民宿和奢华 Spa 的结合体。"

"一点没错！"埃迪笑了，"千禧一代的梦中情房。"

"他们一天就收了一万份申请，"里奇说，"显然有很多人想去。"

"七十亿中的一万个，"珍妮说，"不算什么。一万个有自杀倾向的疯子——在地球所有疯子里，也只是很小一部分。"

大家陷入沉默。珍妮说话总是这么噎人。她用手指梳了梳头发。鲜红的唇膏已经有点蹭花了。埃迪撕开了第二包薯片。

"我不是说我要去，"里奇说，"我妈肯定会杀了我。但听着相当不错——住在一个社群里，自己种粮食吃，不用把生命浪费在屏幕里的垃圾上。"

"嗯……我不知道。"

"看看地球吧，老兄。看看英国，美国，中东。再看看埃迪，还在用手机刷推，哪怕我们正聊着天。"

埃迪窘迫地抬起头。"我在给我妹发短信——"

"那里没有历史，一切从零开始。"

"我宁愿，搬去乡下之类的地方。"珍妮说。

"是啊，你当然可以。"

"里奇刚说的，"艾丽斯说，"确实有点吸引力。你不用担心未来，不用做正确的选择、找合适的工作。一切都被安排好了。而且从图上看，那个星球很漂亮。"

"你们这些怪人，"珍妮说，"到底是为什么想离开地球呢？"

"我没说我要去，"里奇，"我说的是我可以 get 到。"

"看看这里吧。"珍妮说着，在四周指了指。酒吧里挤满了下班后的人：在金融城工作的穿西装的男人，在科技公司上班的穿休闲服的男人，几个女人。十几个人挤在吧台边等着点单。"我们是地球上最幸运的一小撮了。"

"为什么，"艾丽斯说，"因为我们在酒吧？"

"没错。我们多自由。"

埃迪瞥了艾丽斯一眼。"生活艰难。谁没有想逃走的时候呢？"

"我们的生活不难，"珍妮说，"拜托。"

艾丽斯的眼中突然涌起一股自怜。酒吧里污浊的空气快要让她窒息了。她不停地眨眼，直到这阵感觉过去。它来了，又走了。没有人注意到，也没有人知道。隐藏自己容易得可笑。虽然痛苦，但并不难。这是她最大的天赋。连她自己也不知道她是什么样的人：风趣能干的同事，还是潜伏在外表下的那个恶心的疯女人。没有单一的定义，没有不可否认的真相，也没有缓冲地带。她感觉既理智又疯狂，既快乐又痛苦，既健全又残缺。

珍妮从桌上拿起里奇的烟草盒，开始卷烟。

"好吧，你可以来一根。"他说。

"我就知道你会答应的。"珍妮向他眨了眨眼。

他们走到外面抽烟。艾丽斯和埃迪留在里面。酒吧里变得喧闹起来。空气中蒙着一层水汽，模模糊糊的。他们必须凑得很近才能听到对方说话，但有一半的时间都只是在假装听见了。一遍又一遍地说什么？抱歉？什么？抱歉？什么？实在让人尴尬。

但就在那时，艾丽斯清楚地听见埃迪说："之前的事，谢了！"

"试用期的事？"

"是的。"他的笑容里带着讨好。

"没事。"

他对我好只是因为这个吗，她想，因为我是他的直属上司？可能吧。也说得通。毕竟，她也只是因为这个才对艾莉森好的。也许埃迪也是这么看我的——他愚蠢又烦人的上司。

"我知道这种事有点怪，"他说，"尤其是当——"

她没听见后半句，周围太吵了。人们大叫，碰杯，一口一小杯烈酒。

"抱歉，你说什么？"

两个男人站在他们的桌子旁边，胳膊搭在彼此肩膀上，西装外套已经脱了，领带也歪了，庆祝着又一周快要结束了。很快周末就要到了，时间会短暂地属于他们——除了时不时地 check 一下邮箱。我是在投射自己的感受，艾丽斯想。他们也许很爱自己的工作呢。和我完全不一样。

"尤其是在——"

埃迪温暖的呼吸飘进她的耳朵。她想吻他。太不专业了。不过，其实很简单，只要转过头，就能用双唇去感受他的呼吸。

"抱歉，我听不见。"她说。

"没事，"他做了个苦脸，"我们出去吧？"

在一个黑暗嘈杂的房间里，有人听不见你的声音，就足以让地球上的人不开心了。难怪人们永远在假装能听得见彼此。永远有人在专注地倾听，只是个可爱而善意的谎言。艾丽斯和埃迪把外套留在椅子上，以防座位被人占去，然后艰难地挤过人群。他们会冷，但没有座位更惨。外面，珍妮和里奇又卷了几根烟。他们都穿着外套，这让艾丽斯感觉更冷了。埃迪也在发抖。艾丽斯现在都不买烟了，因为她已经正式戒烟了。埃迪知道这事，所以不等她开口，就把自己那包递给了她。

"珍妮给我讲了个诡异的故事。"里奇说。

"天哪！"珍妮捂住脸说，"自从来了这家公司，我一直忍着没说。真是抱歉。"

"说什么？"埃迪问。

"太可怕了。我不想扫大家的兴。"

这么推三阻四的一点都不像她。艾丽斯发自内心地感到好奇。

"真的，这根本算不上什么故事。就是我之前有个同事和里奇同名。"

"你之前有个同事叫里奇？"埃迪说,"这故事可真精彩,哥们儿。"

"不,不。是全名。我上家公司里,有个人也叫理查德·沃尔夫森。"

"这是个犹太姓,对吧,沃尔夫森？"艾丽斯这时才发现。

"是的,我的曾祖父好像是犹太人。很久以前的事了。"

"那个理查德·沃尔夫森有什么特别的吗？"埃迪问。

"他自杀了。"珍妮说。

"我操。"

艾丽斯想知道更多细节。"可怕。是最近的事吗？"

珍妮咬着鲜红的嘴唇,点了点头。她的眼里噙满了泪水。艾丽斯用手臂环住她,感觉既奇怪又勉强,但珍妮丝毫没有退缩。

"所以我离职了。"她吐出一团灰色的烟雾,"很多同事也都离职了。只剩下高管。其他人都受不了了。整个公司的氛围都不一样了。每个人都想赶紧离开。"

"太吓人了。"艾丽斯说。她十六岁之后就再也没有尝试过自杀,但她几乎每天都在想这件事。每当听到有人自杀的消息,她都想知道所有细节——他们的年龄、履历、遗书、方式——但她学会了隐藏这种病态的痴迷,因为这会吓到别人。"你们很熟吗？"

"不，不太熟。这才是最奇怪的地方。他和谁都不熟，所以我们都很内疚，觉得应该多关心他一点的。"

"你们也做不了什么。你们根本不了解他。"

"在职场上经历这些也太超过了。"埃迪说。

"我们进去吧？"里奇说，用无聊来掩饰自己的不安，"再喝一轮？"

埃迪先走，去找他妹妹，其他几个一直待到打烊。酒吧提供正餐，但他们什么都没点，因为酒精和谈话令他们的饥饿变得微小而安静。相反，他们吃了好几包各种口味的薯片，直到嘴里又咸又疼。打烊后，里奇和珍妮去吃阿拉伯烤肉串，但艾丽斯已经跟他们在一起待够了。她去了另一家快餐店，买了一盒薯条，撒上盐、醋和番茄酱，坐在开往克拉普顿（Clapton）的公交车上吃了起来。明天是周五，她想。我是不是已经过了干这种事的年纪？在周四的晚上喝得烂醉，在公交车上吃薯条。年轻时，她以为现在一定幸福又充实——做着有意义的事，和善良英俊的男人，住在漂亮房子里。也许每个人都梦想过这样的事。但珍妮说得对：她已经很幸运了，即使她自己不这么觉得。

她用手机听着流行音乐，那种她喝醉的时候爱听的歌，头靠在车窗上；公交车沿着哈克尼路行驶，她无声地跟着斯凯·费雷拉唱《我怪我自己》（"I Blame Myself"）。街上有一大堆醉鬼——大喊，大笑，奔跑，拥抱，抽烟。他们明天都不上班吗，还是根本不在乎？公交车颠簸了一下，她感到头很沉，胃里翻江倒海。该死，该死，该死。有人在她旁边的位置坐下了，她想：完了，我出不去了。我得吐在自己腿上了。二十七了，他妈的。快二十八了。快三十了。三十岁了还要吐在公交车上吗？她深吸了一口气，然后浅浅地呼吸。很难说哪种方式更能把呕吐物憋回去。

公交车开到梅尔街时，艾丽斯向对面车道的另一辆双层巴士望去，它正驶向相反的方向。顶层的前排，有个人在睡觉。中间是几个嬉皮士风格的年轻人，兴奋得几乎颤抖。艾丽斯能看出来他们刚来伦敦。后排坐着一个男的。等等，不要，等一下。一阵恶心轻轻流过她的身体，让她头晕目眩，双腿麻木。他是个正统犹太人——黑色西装、黑色帽子、灰白胡须，但他的样子很眼熟。空洞的表情。宽阔的两颊。

"不，不是他。等一下，等等。"艾丽斯嘴里念念有词，推开坐在旁边的人，冲下楼梯来到下层。

公交车停了，艾丽斯冲了出去，但另一辆公交车离得太远，已经消失不见了，她独自一人，待在一片黑暗中。她喝醉了，迷迷糊糊的。她父亲已经去世下葬了。还是被火化了？她不知道。那不是他，他们长得都一样——一样的胡子，一样的黑衣。这么想不算种族歧视吧？她勉强也可以算作犹太人。严格来说，她是一个异教徒（goy），因为她母亲是异教徒,但她继承了父亲的姓氏科恩。她一辈子都在和别人解释,不,我其实不算[1]。

艾丽斯叮叮咣咣地进了公寓,一头扑倒在床上,感觉像是刚从山坡滚下来。为了平静下来,她刷起了手机里的各种 app。推特:坏消息,人们冲着彼此尖叫。脸书:一个同校女生被她的律师丈夫搞大了肚子。Mazel tov[2]! 恭喜! 她点了个赞,虽然她觉得这个女孩是个不良少女,整过鼻子,头发是黄油般的金色,她丈夫会在两年内发胖秃顶——你一眼就能看出来。在动态下方,艾丽斯开始打字,*希望你的孩子长着你的妈生鼻*[3],打了一半又删掉,切到了另一个 app。

她发现自己用谷歌搜起了理查德·沃尔夫森。不是同事里奇,而是珍妮的前同事——自杀的那个。世界上有许多理查德·沃尔夫森。一个是她的同事,领英页面上看起来聪明而专业。一个想成为作家。还有一位洛杉矶的选角导演、一位精神分析师、一位肿瘤学家和一位整形医生。但没搜到死了的那个。她搜*理查德·沃尔夫森 自杀*,找到了她要找的东西。一条本地新闻。三十岁。上吊死的。抑

---

[1] 犹太民族遵循母系传承规则,母亲属于犹太民族,出生的孩子便也属于犹太民族,反之则不属于。

[2] 犹太用语,表祝福或赞同。

[3] 原文为 I hope your baby is born with your original nose。

郁症患者。办公室经理。嗯。她还想知道别的事情——远不止这些。她想知道这是什么感觉,值不值得,理查德·沃尔夫森会给自杀打五星好评吗——竖起大拇指,非常推荐——还是会在最后一刻后悔呢?上吊会比他一直忍受的生活更痛吗?

我这是在做什么,我这是在做什么?

她的心跳得飞快,她担心自己会突发心脏病。**砰——砰——砰——砰**。每当她意识到自己的心脏就是一团蠢肉,它就会以惊人的速度跳动,仿佛受到了冒犯。我倒要让你看看,她的心脏说。艾丽斯喘着粗气,在床头柜上胡乱摸索着安眠药。她抠出一片,用牙齿咬碎——味道让人作呕,一股金属味——感觉一阵平静流过全身。她穿着衣服就睡着了,连鞋子都没脱。

那一晚,她梦见自己在自由公司的董事会议室——**创意实验室**开会。艾莉森、里奇、埃迪和珍妮都在,还有其他人,每个人都在充满激情地讲话,做着手势,一起大笑,但她听不见他们在说什么。他们的声音像是从水下传来的,模糊而破碎。艾莉森讲了个笑话。哈哈哈。大家都笑了。接着他们开始一个接一个地注意到,她并没有参与谈话。

"你怎么看,艾?"艾莉森问。这是艾丽斯能听懂的第一句话。

每个人都转过头盯着她，收起了笑容。

"对啊，你怎么看？"珍妮说，她的表情比现实中严肃得多。

梦里，艾丽斯想起了她听说过的最难忘的一场自杀——一位前途无量的年轻体操运动员，名叫埃拉·威廉斯。据她的朋友们说，初春的一个周六晚上，埃拉在西伦敦的一场派对上，一边笑一边跳舞，但没有喝酒，因为她滴酒不沾。不知什么时候她消失了。大家都以为她回家了，但她其实在屋顶上，俯视着街道。已经是周日早上了：空气冷冰冰的，天色渐亮，街上几乎空无一人，只有一个老人在遛狗，看见埃拉站在那里。（总是遛狗的老人；他们见证了所有不好的事。）老人停下脚步抬头看，犹豫是不是应该喊点什么。也许那个女孩只是在欣赏风景。但随后，她看到埃拉走向屋顶的另一侧，助跑了几步，纵身跃下了大楼，在空中翻滚了几圈——就像奥运会跳水选手那样，老妇人告诉警察——然后砸向了地面。艾丽斯常常想起埃拉，想起BBC网站上她甜美稚气的脸和巴洛克风格的死亡。她在空中飞翔的时候，一定感觉充满活力。

"你怎么看？"里奇在艾丽斯的梦里问。

"什么怎么看？"

艾莉森怒气冲冲地看着她。"艾，这真的非常重要。你一直都没有在听吗？"

53

艾丽斯站起来,像埃拉·威廉斯一样伸展双腿,望向房间另一侧的窗户。云朵在夕阳中泛着粉红色。她助跑后猛地一跃,直接撞破玻璃,飞到了空中,飞过黑暗的天空,周围的星星在丁零零地闪烁。

突然,她不在空中了。她穿着内衣躺在沙子上,在 Nyx 上。沙子是最甜美的粉红色,宛如棉花糖。外星的太阳温暖着她的皮肤,滋养着她。无论朝什么方向望去,一切看起来都一样。粉红的沙和蔚蓝的天。粉红的沙和蔚蓝的天。粉红的沙和蔚蓝的天。真是让人欣慰。不管她选择哪个方向,都不会有任何不同。

艾丽斯睡醒时口干舌燥,肯定要吐了,但这次,她感到前所未有的平静。这是个好主意。解决一切的办法。比自杀更温和,但几乎等于死亡。她并不想死。只想逃离自己——她的生活,她的工作,地球。也许她的一部分会留在这里,留在这个星球上。所有不好的部分。她会出名的。

她打开笔记本,开始搜索 Nyx。

# 3
## 面试-1

面试室位于加拿大塘一栋看上去随时要被拆掉的办公楼的三楼。电梯是坏的。艾丽斯爬楼梯时想,这会不会是一个精心设计的骗局,会不会有人突然跳出来袭击她。但周围一个人都没有。按照邮件中的指示,她没有敲门,直接进了303号房间。房间很小,像盒子一样,墙壁是黑色的,只有一盏灯挂在皮质办公椅上方。艾丽斯坐下等待。现在是五月初,银行假日[①]前的周五。

"欢迎来到'生活在 Nyx'招募计划。"一个声音不知从哪里响起——轻松愉快的女声,美式口音。

---

① Bank holiday,指的是英国、部分英联邦国家、部分欧洲国家和部分前英国殖民地的公共假日。其中五月初的银行假日为每年五月的第一个周一。

艾丽斯吓了一跳。

"恭喜你通过了第一阶段的选拔。"

"你好。"艾丽斯说,"谢谢。"

"请说出你的全名。"

"艾丽斯·萨拉·科恩。"

"谢谢。请问你的父母叫什么名字?"

"我的母亲叫埃莉诺·怀特,我的生物学父亲叫罗伯特·科恩。"

"为什么说是*生物学*?"

"他在我五岁时离开了家,一年后就去世了。他不是一个称职的父亲。"

"他为什么要离开?"

艾丽斯嗤笑一声。"人为什么会离开自己的孩子呢?因为他们是混蛋呗。"

女声没有说话。

"他突然宗教觉醒了,"艾丽斯说,"所以他离开了。成了正统犹太教徒。我不知道他是怎么了。他本来就是犹太人,但对宗教不感兴趣。"

"这件事让你很难过吗?"

"哇哦,这个问题太私人了。"

"我们会问许多私人问题。这是招募流程的一部分。希望你不要介意,艾丽斯。"

这声音明亮活泼，就像美国电影里郊区小餐馆的女招待。艾丽斯从来没有去过美国，不知道她们是不是真的这样说话。

"当然，没问题。你叫什么名字？"

"我叫塔拉。我不是人类。我是用来面试'生活在Nyx'申请者的程序。可以请你回答这个问题吗？"她的语气仍然活泼，但多了一丝坚定，"你父亲的离开让你很难过吗？"

"我当时五岁——不记得了。那段时期的记忆，就像，就像一片迷雾。我连他的葬礼都不记得了。"她耸耸肩，"我已经习惯了。这只是生命中悲伤的暗流。人人都有，不是吗？哦，你可能没有。你是，那什么，AI吗？"

"没错，我就是。他是怎么死的？"

"心脏病突发。"她咽了口唾沫，"哦，我还有个继父，他叫杰克·怀特。"

"和那个摇滚明星同名？"

"对，我十几岁时，会哼《七国联军》①的吉他 riff 来气他。"

---

① "Seven Nation Army"，杰克·怀特和梅格·怀特组成的双人乐团白色条纹（The White Stripes）发行于 2003 年的一首歌曲。

"很有意思,他们从事什么职业?"

"我母亲以前在学校当老师。有些年没上班了。我继父是做房地产的。具体的其实我也不知道。"

"那你父亲呢?"

"他是律师。"

"你的性取向是什么?"

"异性恋吧,大概。"

"大概?"

"我十几岁时有过一个女朋友。"

"你有男朋友吗?"

"没有。"

"你在哪里长大的?"

"伦敦。图夫尼尔公园,之前是坦普尔福琼(Temple Fortune)。"

"你有兄弟姐妹吗?"

"我有个异父的妹妹,叫莫娜。"

"她多大了?"

"呃……"艾丽斯数了数放在牛仔裤上的手指,"十二。过了今年生日就十三了。"

"而你二十八岁——年龄差可不小。你们关系好吗?"

"还不错,我自己觉得,虽然我有时也会担心她。"

"担心她什么?"

"她非常文静,也很用功。我觉得她没什么朋友。她和我上的是同一所学校。那里压力很大。她不太开心。"

"你的申请表上写着,你上的是圣彼得女校。"

"是的,我在那里待了七年。"

"目前这是英国排名第三的学校。很了不起。"

"我父亲给我留下了一些钱,让我能上好学校。"

"你那时候开心吗?"

"很开心。我成绩很好,但也经常参加派对。在学校剧团演戏。和大家相处都很好。现在也是。所以我觉得在Nyx上我也会过得不错。"

"你和同学们还有联系吗?"

"有几个。"

艾丽斯发现自己在轻轻地转椅子,两只脚轮流用力。她停了下来,努力集中注意力,让自己不要这样做。

"不是很多?"塔拉问。

"我和其中一些人渐渐疏远了。"

他们并没有疏远。只是在她做了那件可怕的事之后,那些人就不跟她讲话了。

"你是那种容易和人疏远的人吗?"

"不是,但我那时只有十几岁。年轻时这种事很正常,你不觉得吗?"艾丽斯笑了,意识到塔拉从来没有年轻过。

"你在布里斯托大学学的是英文,对吗?"

"是的。"

"你过得开心吗？"

"开心。我交了许多朋友，还拿到了一等学位。"

"你最亲密的朋友是谁？"

"基兰。我们住在一起。是在学校里认识的。"

"她姓什么？"

"维尔克。V——I——R——K。"

"基兰是做什么的？"

"她是一家广告公司的客户经理。"

"*魔毯创意？*"

"是的，你现查的？"

"没错。你上学时的梦想是什么？"

"我……如果我通过了，这个面试会在电视上播吗？"

"你没读过条款及细则？"

"读过，但我不记得了。太长了。"

"不会在电视上播。面试只是招募流程中的一环，但我建议你重读一下条款及细则。'生活在 Nyx'是一项非常严肃的志业，艾丽斯。"

"好的，塔拉，我会读的。"

"你能回答这个问题吗？"

"有点尴尬，但我曾经想当个演员。大家都说我有演戏的天赋。我在学校里演的都是最好的角色。"

"后来呢？"

"我，呃，我也不知道。我失去了兴趣。我觉得自己不够好。"艾丽斯的手心出汗了。她隐约能闻到自己腋下的气味。希望这位 AI 闻不到。

"你是领导者还是跟随者？"

"其实我觉得是跟随者。我擅长服从命令。所以我认为自己适合这个项目。"

"你在自由公司做数字创新架构师，对吗？"

"对。"

"听起来很不错。具体是做什么的？"

"我为品牌制定数字战略。网页开发、内容搭建、社交媒体，诸如此类的东西。"

"你在那里工作多久了？"

"快一年了。我还在另外两家公司做过。"

"你喜欢这份工作吗？"

"是的。"

"既然喜欢，为什么还要报名参加'生活在 Nyx'？"

"哦，抱歉，我不是真的喜欢我的工作。我也不知道为什么会这么说。就这么脱口而出了。人应该喜欢自己的工作，不是吗？"

"请诚实作答，"塔拉说，声音中带有一丝人性化的情绪，"你究竟如何看待自己的工作？"

"我觉得它对世界没有任何积极的贡献。我只是在帮公司卖东西。"

"那你为什么不去找点更喜欢的事做?"

"我想不出还能做什么,而且我也不能辞职,因为我需要钱。但没错,我确实想做点别的。更有意义的事。"艾丽斯紧张地笑了笑,自嘲道。

"'生活在 Nyx'更有意义吗?"

"当然。生活在另一个星球上——哇哦。能参与其中是莫大的荣幸。"

"你的老板以为你现在在哪里?"

"看医生。"

"你觉得说谎容易吗?"

"这只是个善意的谎言。你们根本没有提供周末的选项,这是我唯一的办法。我想你们大多数的候选人都得跟老板撒谎。"

"你余生中的每一天都会被录下来,对此你怎么看?"

"我相信过一段时间我就会忘记的。我喜欢在舞台上的感觉。也许和那个有点像。"

"但你永远都不能走下舞台了。"

"永远?"

"除了卧室和卫生间,我们有规定不录。"

"我觉得还好。"

"你会变得非常有名。对此你感觉如何？"

"我感觉还不错。我是说，我离得太远，根本感受不到自己的名气。这跟买盒牛奶都会被拍到还不一样。"

"你再也买不到牛奶了——也买不到别的东西了。你再也回不到地球了。你再也见不到家人朋友，也不能和他们说话了。"

"嗯……我不知道该怎么回答这个问题，才不会显得很冷血。这当然很难，但我觉得我能应付。"

"真的会很难熬——无论是情感上、精神上，还是身体上。这真的是你余生想要的生活吗？"

"是的。我能问个问题吗？"

"当然。"

"他们为什么不能和地球联系？我是说，这一定是可以实现的，因为节目会在网上直播——不是吗？"

"条款及细则中也给出了解释。"

"我知道，但——"

"**由于技术和资金的限制，参演者将无法与地球上的亲友联系。**"

"好吧。"

塔拉继续逐字逐句地朗读条款："**参演者与地球唯一的联系方式是定期的心理评估，由地球上的精神健康专业人士提供。**"

只有条款及细则里会这样称呼 Nyx 人——**参演者**。

"最重要的是,"塔拉继续念道,"咨询多位专家后,Nyx 公司得出结论,这是维持参演者情绪与精神健康的最佳方式,也是我们的首要关切。"

艾丽斯并不理解,但她还是说:"好的。"

"谢谢你,艾丽斯。我们第一轮面试到此结束。"

"谢谢。我通过了吗?"

"我们正在面试来自世界各地的数千人,因此评估结果需要一段时间。我们会发邮件告知你能否进入下一轮。"

"我只是想说,我真的很想加入。"

"谢谢你。再见,艾丽斯。祝你周末愉快。"

"你也是。我是说,谢谢。再见。"

# 4
# 小天鹅

那天下午，艾丽斯站在创意实验室的前半部分，满是汗水的右手里握着遥控器，做了一场关于 tag 的 pre。银行假日的长周末近在咫尺。她清楚地记得那天的每个细节，从开始一直到结束：早餐吃的吐司，黑盒子里的面试，pre，伊甸之东的鸡尾酒。

"总而言之，"她说，"tag 当然是所有社交媒体战略中不可或缺的一部分——一种简单有趣的方式，能提升参与度、激发争论、向核心社群之外的潜在顾客讲述品牌故事。但要记住：在打上 tag 之前，一定要慎之又慎。有人想要提问吗？"

十五张脸充满期待地望着她。会议快结束了，但在那之前，他们还要走个过场，假装有问题要问。大多数人并不在乎周五下午的任何内容，这减轻了她的压力，但这样的注意力还是令人无法忍受。小时候，艾丽斯喜欢成为焦点。戏剧、集会、音乐：她什么都参加。很难说清从什么时候起一切都变了，她变成了另一个人，一个废人。用干草和碎布做成的稻草人，伪装成人的样子。

"没人要提问吗？"艾莉森说着，眯起了眼睛。

艾丽斯感到在她的丝绸衬衫下面，有一滴汗从腋窝流下来，沿着身体右侧滑到腰上。她在空气中闻了闻。没错，她想，我肯定很难闻。不该穿丝绸衬衫的——会留下汗渍。埃迪看看珍妮，珍妮看看里奇。他们歪着头，希望其他人能先问个问题。最后，埃迪举起了手，决心献祭自己。

"非常有趣的 pre，艾丽斯。非常独到的见解。"

"谢谢，埃迪。"她谦虚地笑了笑。

埃迪仰靠在椅背上，身子摊得很低。他用手捋了捋凌乱的金发。他的 T 恤是老旧的蓝灰色，腋下已经残破不堪。虽然公司没有着装要求，但这也过于随意了。他几乎毫不掩饰自己有多么不在乎。

艾丽斯的衬衫下，又一滴汗从同样的位置流下。

"不过，你不觉得有时候不用 tag 也很重要吗，"他说，"这样品牌会显得更有人情味和亲和力？"

艾丽斯点点头。埃迪对这个问题毫无兴趣。他只是在帮她解围。她张开嘴，不知该说些什么，她多希望自己能随意地把艾莉森最喜欢的词串在一起——认知、利益相关者、叙事、协同、分析、战略、转化——这样就能过关了。

但艾莉森先她一步开口了。"等一下,"她的声音因愤怒而急切,甚至在发抖,"艾丽斯讲的时候你有在听吗?"

埃迪坐直了身子。"当然有听。"

"很好,她刚才——半个小时之前——就已经说过,维持营销、策展和人性化之间的平衡十分重要。"

他耸耸肩,但并不紧张——他不怕她。

"抱歉,艾莉森。我大概是走神了。"他像个小学生一样垂下头,微笑着。

"还有其他问题吗?"艾莉森接管了场面,"好吧,我想这说明艾丽斯的 pre 相当透彻。非常精彩,艾。有很多宝贵的认知值得我们借鉴和思考。"

一行人回到工位,立刻登入群聊。

**埃迪**

今晚喝吗?

**珍妮**

妈的 喝

**艾丽斯**

我绝对要来一杯。

**里奇**

我要来 20 杯

**珍妮**

喝到嗨!

他们一声不吭,但都在疯狂打字,迫切希望这一天快点结束。

**埃迪**

伊甸?

**里奇**

好啊

**珍妮**

好!我们一个一个走。艾丽斯?

**艾丽斯**

行,我也来。

**珍妮**

那行。冲了朋友们。我先走。楼上池边见了xx

*

这是一年中头几个最美的夜晚,天空是柔和的金色,加上酒精作用,艾丽斯暂时忘记了忧愁。她和埃迪、里奇、珍妮一起坐在伊甸之东屋顶的蓝色泳池旁。天气还没暖起来，但也不冷。春天是她最爱的季节，因为它预示着夏天的到来。太阳还很高，刚刚溜到世界的另一边，投下高大的阴影和朦胧的光亮，他们一边喝着用神秘原料调制的美味冰镇鸡尾酒，一边说笑。

"看那儿。"珍妮说，指着他们脚下闪着银色、蓝色和棕色光芒的城市。

他们点点头，微笑着。珍妮和里奇戴上了墨镜。在内心深处，他们都同意，此时此刻自己非常幸运。一切都很好，好得出奇。一切都闪闪发光，让人欣喜若狂。血管正把酒精输送到手指、腿和大脑，让他们在冷冽的春日空气里感觉温暖而美妙。他们一边痛骂艾莉森，那个可恶的贱人，一边四处打量，确认没有自由公司的人在背后偷听。

一个年轻女人留着金色的波波头，穿着复古高腰的白色比基尼，走出更衣室，站在泳池深水区的一侧，准备跳水。池中没有其他人在游泳——天气还太冷了。她涂着红色指甲油，看起来就像黄金时代的电影明星。一切都是轮回。能不受它的干扰真是种解脱，艾丽斯心想。女孩优雅地跳进泳池，几乎没有溅起水花。艾丽斯和往常一样，心不在焉地听着谈话，看着泳者在水中滑动。她比我可漂亮多了，艾丽斯想，也年轻多了。但总有一天我们都会变得又老又丑。

"你还好吗？"埃迪问，用肩膀轻轻推了推她的。

"哦，还好。"

"再来一杯吗？"

"好啊，再来杯一样的。"

艾丽斯一口喝完鸡尾酒，用牙齿嚼着冰块，享受着阵阵短促的痛感。她看着泳者在众人的注视下悠然爬上岸，尽管周围都是穿戴整齐的人，她站直身体，挤干头发。艾丽斯离她很近，能看到她手臂和腿上的鸡皮疙瘩。她真的好美。不会超过二十五岁。可能是个模特或者演员。一个不会每天想死二十次的人。

那一刻已过，天空暗了下来。五月的第一个周五，长周末近在眼前，坐在地球上最伟大的城市之一的游泳池边，哪怕只是感到一丝忧伤，也是可怕的浪费。艾丽斯的脑子已经被工作和无人知晓的"生活在 Nyx"面试熬干了，完全忘了给长周末做计划。其他人聊着派对、晚餐、家庭聚会、乡间旅行：这表明话题已经枯竭，而大家还没有喝到位。在地球上，当你不知道和别人聊什么时，就可以这样问："这周末打算怎么过？"

"你呢，艾丽斯？"里奇问。

"没什么打算——就放松一下。"

"要真是周末就好了，"珍妮说，"这三天过完我应该会累死吧。"

她只是客气一下。珍妮根本闲不下来。埃迪拿着酒回来了。它来了，它来了：烟霾，洞开的黑暗。这周末又完了。十六年来，艾丽斯一直生活在烟霾的威胁之下。她有她的护卫、她的守夜人，她很熟悉这个迹象。基兰和她的已婚男友本出去玩，家里应该就她一个人。她几乎松了口气。她可以沉溺其间，甚至畅游其间，整日躺在床上，允许它坐在她胸口，嘲笑她。什么都阻止不了她缴械投降。等等——她明天还要和家人们吃午饭。她要怎么才能摆脱它呢？

有人砰的一声跳进了游泳池，溅了他们一身水。

珍妮大喊："他妈的！"

他们一直待在池边，直到晚上九点屋顶关闭，随后他们转战室内，又喝了几杯昂贵的酒。有人拿出一小包可卡因，他们轮流挪去洗手间。珍妮坚持要和艾丽斯一起去。卫生间墙上是约翰·斯坦贝克《伊甸之东》里的句子，用的是优雅的手写体。关于美与真，关于自由，关于善恶。她没有读过这本书。珍妮弯腰对着马桶盖时，艾丽斯闻到了一丝她头发的油味，但并不难闻——丰厚的泥土气味，你爱的人身上令你沉迷的味道。轮到她蹲下时，艾丽斯尽量不去想自己吸入了多少屎的微粒，又有多少人碰过她塞进鼻孔的纸钞。吸气的时候，她已然忘记了这一切。她的血液似乎在颤动，身体里的每个细胞都高唱着音乐剧的经典唱段。烟霾被她暂时抛到了脑后，等着下一次出现，也许就在明天,但不会有明天了——只有酒吧、酒、她的朋友们、这座城、永无止境的夜晚。凌晨两点,他们打了辆车去艾丽斯的公寓,喝了基兰的金汤力,喝完之后又喝了些珍妮在橱柜深处找到的餐后甜酒。

他们从厨房转战艾丽斯的卧室。埃迪和艾丽斯坐在床上,倚靠着彼此,里奇和珍妮躺在地板的一堆垫子上。凌晨五点,沉默在房间里弹来弹去。四人都一脸虚弱憔悴。里奇叫了一辆 Uber。珍妮去了卫生间,再也没有回来。只剩埃迪和艾丽斯两个人,在她的床上。他用双臂环住她,露出彼得·潘式的微笑。永无乡——是 Nyx 附近的什么地方吗?艾丽斯的头脑轻飘飘、软绵绵的,她的嘴里是一股真的屎味。她不想让它这样发生,她的心神被化学物质弄得烦躁不安。她是他的上司。这是不对的。谁在乎呢?艾莉森在乎。

埃迪吻着她屎味的嘴。这个吻在她身体中产生的电流微弱得让人失望,不是因为她不喜欢他,而是因为她已经喝得烂醉,头都抬不起来。他们滚到毛茸茸的地毯上,脸贴着脸、唇贴着唇,几乎一动不动。

"我们完蛋了。"他对着她的嘴说。


艾丽斯在床上醒来,盖着羽绒被,只穿着内裤。她的衣服堆在地上。她口干舌燥,鼻孔里有硬硬的鼻屎,头昏昏沉沉的，仿佛灌满了碎石。她抠了抠鼻孔，把鼻屎弹走，这才想起旁边还有人。埃迪还睡在地上，仰面躺着，身上盖着一条艾丽斯很久以前度假买的纱笼。她不记得是在哪个国家买的了。红黄相间，印着民俗的太阳图案。抬头看见另一颗太阳是什么感觉呢？她拿起旧塑料瓶喝了点水，味道就像灰。

"我的天呐。"埃迪醒了，用手捂住脸。他睁开一只蓝眼睛，然后是另一只，又闭上了。

艾丽斯笑了。"早上好啊。"她说着，用手梳理长发，发根又脏又暖。

埃迪将双臂伸过头顶，露出T恤又脏又破的腋窝。"我感觉烂透了！"

"我也一样。"

他踢掉纱笼站起身来。他没穿牛仔裤。他的双腿肌肉发达，覆盖着金色的毛发——跑者的腿。艾丽斯在羽绒被下挪到墙边，感觉到他温暖的身体滑到她身边。他搂住她的腰，靠过来吻她。

"从你走进大楼的那一刻我就想吻你了。"他说。

"真的？"

"当然。你看不出来吗？"

"看不出来。"

埃迪的胡楂蹭着她的皮肤。他的呼吸吹进了她的耳朵。

她的全身热得发烫。血液涌流。那时候他的脸上是什么表情？埃迪把艾丽斯拉向自己。这种感受是愉悦，艾丽斯想，就像观鸟人瞥见一只珍稀而美丽的鸟。记住这种感觉，等到烟霾降临的那一刻。记住这份愉悦。

那天下午，艾丽斯去议会山附近的一家披萨店见家人。宿醉让她饥肠辘辘。她走进餐厅时，肚子在咕咕叫。她在餐厅靠里的位置找到了她们。母亲看起来有点太讲究了。不仅因为她闪亮的挑染波波头和珍珠耳环，还因为她傲人的姿态。她的背挺得笔直，就像一个舞者，说话字正腔圆。而莫娜正相反，她弯腰驼背，盯着桌子，穿着宽松的黑色卫衣，戴着金属框眼镜，红棕色的卷发半挽在脑后。桌子上摆着一碗绿橄榄。

"抱歉，我来晚了。"艾丽斯坐下时说，"杰克呢？"

"噢，他来不了了。"她母亲说。

"他今天有什么安排？"艾丽斯从碗里拿了一颗橄榄。

"只是在家工作。他突然有急事要处理。"

她继父永远埋头于电子设备，低着头回邮件，发着牢骚。艾丽斯已经几个月没见过他了，但她尽量不去猜是不是她的问题。

"好吧，最近怎么样？"

"挺好。"莫娜抬头说道。

"我很好，"埃莉诺说，"你呢？"

"还过得去。快放暑假了吧，开心吗莫娜？"

"还早呢。"莫娜皱起了眉头，"这才五月。"

"也对，我也不知道我为什么会这么问。"专心点，艾丽斯，专心点。她脑海中闪过一个念头：如果此时此地有一个天坑突然打开，把我们都吞进去就好了。啊哦，想到天坑就快翻车了。她抬头看着妹妹。眼前的景象有一点不真实，艾丽斯和家人之间似乎隔着一段距离。我真的在这里吗，我还活着吗？她眨了眨眼，问："话说回来，你们夏天有什么计划吗？"

"我们要去意大利南部待两周，"埃莉诺说，"租个度假屋。"

艾丽斯心头一紧。她并不想去，但她希望得到邀请。

埃莉诺似乎察觉到她的想法："想一起来吗？"

"嗯，也许吧。"

"你有计划要去哪里吗？"

"没有，就打算工作。"

"你在，呃，办公室怎么样？"

埃莉诺始终无法说出自由公司这个名字。艾丽斯知道这个名字很蠢，但大部分广告公司的名字都是这样积极、愉悦、名不副实。这就是她的生活，她还能怎么办？她母亲希望她从事体面些的职业，比如医生或者律师。

"还不错。"艾丽斯说。

"你最近在忙什么呢?"

"妈妈,你对我的工作不感兴趣,就不用装样子啦。"

"我很感兴趣!"

"好吧,目前我正在帮一个叫农场的初创有机美妆品牌做推广。"

"产品好用吗?"

"不知道。我还没用过。我没时间用。"

埃莉诺扬起眉毛。"嗯……"

莫娜一言不发,眼睛牢牢锁在菜单上,就像在读一份报纸。

"学校里怎么样?"艾丽斯问。

她妹妹放下菜单。"挺好。"

"她最近拿了个奖。"埃莉诺说,"是数学奖。对吧,亲爱的?"

"妈妈,拜托!"

"太好了。恭喜啊。这周末有什么安排吗?"

"没什么。跟你坐在这儿。"莫娜一直盯着桌子。她吃了一枚橄榄。

艾丽斯多少还记得十二岁时的样子,但又像是在回溯另一个人的记忆。她过得不错——交朋友,努力学习——但这一切之下有一股低低的白噪音。她开始觉得自己就像一颗腐烂的桃子，不再新鲜甘甜。学校报告将她描述成一个充满活力的领导者和实干家，但是内心深处，烟霾幼兽就像绦虫一样吞吃着她，日渐肥美。而莫娜不一样。她不掩饰自己的情绪。她脸上写着尴尬，就像闪烁的汗珠。艾丽斯想帮她摆脱这些。她想告诉她：学会把它藏起来，不然世界会毁了你。

"我要去洗手间。"莫娜说着，站了起来。

埃莉诺看着她走远，直到她听不见她们说话。"别把你的想法强加给她。"她低声说。

"什么想法？我只是问问她最近在忙什么。她好像没有朋友。"

"她是全年级成绩最好的女孩之一。"

艾丽斯忍不住笑了出来。

"别这么酸。"

"她不开心，"艾丽斯说，"而且你还不打算帮她。"

"莫娜和你不一样。"

"和我不一样？什么意思？也许不如莫娜，但我在学校的成绩也还不错，但我又得到了什么呢？"

"那还是我的错了？"

"我没有说是你的错。"

"她回来了，艾丽斯。别说了。"

莫娜垂着头坐回座位，袖子拉下来盖住手，大拇指从袖孔中伸出来。一位侍者走过来，她们点了餐。埃莉诺点了沙拉。听到两个女儿一人点了一份披萨，她的眼皮微微颤了一下。

食物上来时，艾丽斯的饥饿已经消散了，连同身体的其他部分。宿醉的感觉卷土重来，像霉菌一样黏腻、恶心。她浑身都是汗：背上，沿着腋窝滴下来，在额头上闪着光，从毛孔中渗出来。她努力维持说话和思考。她勉强吃下了半块披萨，喝了两杯健怡可乐，但嘴里还是干得像沙漠，里面满是沙子。她没有点第三杯可乐，因为母亲正关切地看着她。她深吸一口气，感到更恶心了。她的心扑通直跳，就像一只受惊的鸟。我会这样死掉吗，她一边想，一边吃着意大利辣香肠披萨，而我的母亲和妹妹正聊着学校的游园会？她们都没注意到她的处境有多么危险，或者假装没有注意到。艾丽斯去洗手间吐了，这让她感觉好多了。

"你现在准备去哪儿？"母亲去洗手间了，她问莫娜，"想不想去池塘里游个泳？"

"有点冷吧？"莫娜说，"而且我没带装备。"

"我们可以穿着内衣游。"

"我不确定。"

"那你就来看看吧。我们可以散散步。"

她们走到外面，姐妹俩向母亲挥手告别，走上议会山，走过正在聊天的遛狗人。艾丽斯很高兴莫娜答应一起来——她原以为她会拒绝，和母亲匆匆赶回家。艾丽斯有时担心莫娜不太喜欢她，或是把她当作某种残次品——令人失望的长女，失去父亲的可怜的艾丽斯——但随后她想起，十二岁的孩子不会这样想。她想和莫娜更亲近，就像个真正的姐姐——一个莫娜可以依靠的人，特别是此刻，她的青春期来临之际，这是人生中最荒唐的年岁。她们习惯了彼此深情的疏离。艾丽斯缺席了莫娜的成长。她在上大学，工作，住在伦敦的另一边，不露面，对小孩子不感兴趣。

她们走了很久，爬上绿意盎然的山坡，到了女士池塘①。空气渐渐冷却了艾丽斯身上的汗水。她担心自己散发着呕吐物的味道。在她身边，莫娜显得干净、崭新——从未喝醉过，从未吸过可卡因，从未通宵熬夜。但跨过十五岁的差距，跨过两个将她们分开的父亲，她们依然是姐妹。

她们走进树林。树下还很凉——冬天的残迹拒绝离去。艾丽斯第一次感激这些残迹。水越冷，感觉越好。

"你真的要游泳吗？"莫娜问。

"是啊。"

---

① 汉普斯特德荒野中有三处天然水域开放给市民游泳，分为男士专用、女士专用、男女混合。

"你连毛巾都没有。"

"没关系的。"

门的另一边，五六个女人在池塘中游泳，周围树木环绕。这里没有城市的踪迹，这是艾丽斯最喜欢的一点。她通常只在炎热的夏日去，那时水里和草坪上十分拥挤，到处都是女人的声音，但也有女人一年四季都去，在寒冷的冬天，她们把冰块敲碎，跃入池水。她们是另一个物种，比艾丽斯坚强。

姐妹俩站在救生员旁边，看着阳光在浑浊的池水上闪闪发光。树还没有几个月后那样茂密青翠。艾丽斯脱到只剩黑色的内衣，把衣服堆成一堆，放在一边。她的皮肤在空气中起了小疙瘩。

"你疯了，"莫娜说，"太冷了。"

"你说我是跳进去还是走梯子？"

"跳进去方便点。"

一个救生员瞥了她们一眼，对艾丽斯的懦弱不屑一顾。

"好吧，我跳进去。"艾丽斯走向池塘的水泥边缘，向下望去。

"跳吧！"莫娜说。

艾丽斯跃入空中。冰冷的水淹没了她，裹住了她的头，抱住了她。有一瞬间，她浮在水面下，感觉体内的每颗原子都被唤醒了，但水太冷，呼吸的欲望太强烈。她把头伸出水面，深深吸了一口气。洁净清甜，就像乡村的空气。

"怎么样？"莫娜问。

"还可以。来吧！"

"我才不要。"

"你会后悔的。"

艾丽斯转身快速游动，让身体暖和起来。她的手臂穿过池水，就像剪刀剪开丝绸，水中植物的触须挠着她的脚。一切糟糕的感觉都消失了。她用蛙泳游到了池塘尽头，绳子围出了游泳区的边界。绳子另一边，天鹅一家——白色的天鹅妈妈和毛茸茸的灰色天鹅宝宝——在水边四处觅食。天鹅妈妈机警地打量着艾丽斯。小天鹅怎么说来着，艾丽斯想。莫娜应该知道。她转身时，看到妹妹也脱下了衣服。莫娜穿着长裤和背心，没戴眼镜，显得非常小。她也确实年轻。她的双腿细瘦，臀部很窄，胸部几乎是平的。她正把及腰的长发盘成一个顶髻。我可爱的小妹妹，艾丽斯想。或许这是她事后回想起来才有的想法。很难说。

"跳吧！"她喊道。救生员又瞥了她一眼。"抱歉。"她喃喃自语，声音小得几乎听不见。

莫娜沿着梯子下来，用脚趾试了试水温，咯咯地笑了起来。冰冷的水里有什么东西激发出，甚至是榨出了本不存在的快乐。妹妹溅起水花，消失在池塘里，又重新出现，一边笑，一边大口呼吸着空气。艾丽斯朝她游去。

"啊啊啊啊，水太冷了。"莫娜说。她的牙齿在打战，苍白的双颊在寒冷中泛着红色。

"马上就习惯了。"

"不过，我还是很开心下来了。"

"我也是！"

她们游到天鹅休憩的池塘尽头，艾丽斯问："它们叫什么来着，小——"

"Cygnets！"没等艾丽斯说完，莫娜就开口了。

"我就知道你知道。我总是记不住。"

莫娜骄傲地笑了。"问我随便哪个国家的首都。"她一边游泳，一边说道，"我最近在背。"

"好——瑞典。"

"斯德哥尔摩。"

"澳大利亚。"

"堪培拉。来个难的。"

"呃，斐济？"

"苏瓦！"莫娜笑着说。

"哇哦，"艾丽斯说，"我信了。"

"再来一个！"

"巴哈马？"

"哦，这个我不知道哎。"莫娜说，不过似乎并不在意。母亲走了之后，她就像变了一个人。

两姐妹游了几个来回,推迟着不可避免的事情:从水里出来,吹着刺骨的寒风,在湿透的内衣外面套上衣服,一路打着冷战、大笑着回家。

# 5
## 命运

到了银行假日那个周一,艾丽斯感到焕然一新。从周六起,她就没有离开过公寓,没有和任何人说过话,除了和一个外卖员说*你好*、*谢谢*和*再见*。她把自己裹在毯子里,看了很久的电视,还自慰了两次。埃迪在位于肯特的家里过周末,发来短信:

嗨!你也像我一样感觉糟透了吗?

知道她并没有消失,还存在于某个人的脑海中,就击退了糟糕的感觉。这个周末,烟霾并没有完全降临。虚惊一场。

傍晚时分,她听见门上转动钥匙的声音,安下心来,她的孤独和无聊像茶里的糖一样溶化了。基兰和她那差劲的已婚男友本旅行回来了。

"嘿——"和她的声音一起传来的还有艾丽斯门上的一阵敲击。

艾丽斯正躺在床上,用笔记本上网。"请进!"

基兰走进卧室,她的打扮精致讲究,头发和长靴乌黑闪亮,而艾丽斯穿着褪色的T恤、运动裤,湿着头发。艾丽斯站起来,她们抱了抱。

"怎么样啊?"基兰在床边坐下,大衣还穿在身上,叹了口气,手里拿着一只小小的棕色包裹。

"还行,你呢?"

"也挺好。"基兰递过包裹,"哦,我在楼下看到的——是你的。"

艾丽斯一把抢过包裹,放在床头柜上。这是她刚到的安眠药。

基兰笑了。"里面是什么?"

"就是些化妆品,"艾丽斯说,语速太快了,"旅行怎么样?"

"还可以。有好有坏吧。"

"怎么坏了?"艾丽斯知道原因。她只是出于礼貌才问的。

本结婚了,有三个孩子——这就是坏的地方。基兰迷恋他,他让她感觉充满活力——这是好的地方。充满活力总是好的。但本的妻子和孩子也总是在那里，盘桓在她幸福的角落里。这段关系里有六个人。基兰只见过其中一个。

"你知道的，就是本妻子的事。这并不容易。"

基兰和本断断续续交往了十年。他们第一次相遇是在苏荷区（Soho）的一家酒馆，那时候她十八岁，他三十岁，但不久后，基兰去上了大学——就是在那里，她和艾丽斯成了朋友——本就提了分手。大一那年，基兰一刻不停地说着本，仿佛他是救世主，被派到地球来拯救她的。几年后他重新联系了基兰，那时他已经是个婚姻不幸福的两个孩子的父亲了。艾丽斯终于见到他时，觉得非常失望——本只是一个胖乎乎、爱出汗、满脸通红的金融城上班族。他叫基兰我的印度公主。他唯一的可取之处是付了这一顿的酒钱。这时她才意识到：爱不可思议，也不可信任。

"有什么进展吗？"艾丽斯问，已经厌倦了重复过无数次的对话。

"本想离开她，但她非常地抑郁。我理解他的感受。他说如果他离开，她可能会自杀的。我也不想看到这种事发生。我宁愿再等一段时间。"

"他为什么觉得她会自杀？"

"他就像是她的生命。她不工作，只照看孩子。她显然已经在拿百忧解当饭吃了。我明白他在担心什么。他要想着孩子们。"

"那你打算怎么办？"

"我再等等，但我也不会永远等下去。也许等到圣诞节吧。"

"去年你就说等到圣诞节的。"

"是啊，不过，你也知道。我们很爱对方。"基兰扬起下巴，摇了摇头，"这并不容易，但我们最后会在一起的。"

艾丽斯不知道还能说什么。她不赞成这段恋情。不仅是道德原因，还因为基兰显然是被本骗了，更普遍地说，被电视剧、电影和歌曲骗了，以为爱情值得牺牲和屈辱。她是真正的浪漫主义者。她相信命运，好像有更高的力量让她和本走到一起。"苏荷区有那么多的酒馆，"她经常说，"我们却同时在*那*一家。这不是很有趣吗？"艾丽斯一点也不觉得有趣——苏荷区的每家酒馆里都有蠢货——但她从没说过这些话，因为她爱基兰。

相反的是，每开始一段新的恋情，艾丽斯的感受都会越来越淡，就像一块用久了的香皂。她以前不是这样的。高中毕业的那个夏天，她遇到前女友伊迪时，她仍然相信爱情。那时候，艾丽斯身边没剩几个朋友，因为她做了那件可怕的事。她和伊迪在同一家咖啡馆打工。伊迪并不需要这份工作——她的父母非常富有——但她聪明、慷慨、善良；不，应该说是**魅力十足**。她在艾丽斯的孤独上敲开了一条缝。她们在一起两个月，艾丽斯结束了它，但她依然每时每刻都在想着伊迪。每个月至少梦见她两次。她潜意识中反复登场的特别来宾。伊迪是第一个,是后来那些人的模板。最初的那块香皂。

"好吧,你知道我的想法,"艾丽斯说,"没必要再重复一遍。"虽然她当然知道,她们会一遍又一遍地重演。

"是啊,也许你是对的。"

"真的吗?哪里对?"

"我被蒙蔽了双眼,或许是这样吧。"

"你知道他永远不会离开他老婆吗?"

基兰耸耸肩。"也许会,也许不会。"她不想思考这个问题。幻想的感觉更好。"听着,我知道你的想法,但我和他在一起的时候,一切好像都更好了。我什么都可以和他讲。我可以做自己。"

"现在你和我在一起,难道就不能做自己了?"

"可以是可以,但……"基兰叹了口气,脱掉了大衣。她并没有不开心,只是若有所思。"算了,你怎么样?"

"我和埃迪睡了。你知道,我同事。"

基兰跳起来,拍了下手。"真的?!怎么样?"

"还不错,只不过我们喝得太多了。"

"我去泡点茶,你给我展开讲讲。"

基兰起身去了厨房。艾丽斯靠在枕头上,听着好友在厨房摆弄水壶、开关橱柜的声音,感到十分安慰。她的动作飞快,因为她想听埃迪的事。也许我们才是灵魂伴侣,艾丽斯想。基兰和我,而不是基兰和本。但她并不会真的这么觉得。性永远占上风。一切都绕着它转。它是一个洞,一切都消失其中。

# 6

## 谢谢你,烟霾

几周以来,烟霾暂时退却了。埃迪填补了艾丽斯的空缺。虽然她对爱情已经死心,但也不能完全抵挡它的影响。每当听到他的名字——即使是从艾莉森口中,"埃迪,你想从你的社交媒体倾听项目中获得什么认知?"——艾丽斯都觉得这名字如此干净美丽:*埃迪!*

埃迪和伊迪。伊迪和埃迪。

她每时每刻都在想他,哪怕两人肩并肩地坐在一起,每天好几个小时。有两个埃迪:一个是血肉之躯,一个活在她脑海,让她的五脏六腑闪烁着温暖与渴望。在他们办公桌之间的某处,两个埃迪相遇了。她尽力提醒自己他只是一个人。也许是个糟糕的人,像艾丽斯一样,但新鲜感让他与众不同。即使是两小时关于网络分析的头脑风暴也可以忍受了,因为艾丽斯和埃迪可以回避彼此的目光,想着两人可以用的一百零八种方式。想象往往比它本身更美好。在一场会上,她的腹中幻化出一团火焰,蔓延到指尖。后来,他们在残疾人卫生间试了一次,感觉还可以——虽然气味不太好,虽然她没有到。

*

一天,艾丽斯醒来时,觉得身体上压着巨大的重量。她发觉很难睁开眼睛。烟霾长长的、冒着烟的触须伸向她,像讨厌而窒息的拥抱。她挣扎着起身,但触须还黏在她的皮肤、头发和眼球上。她看着浴室里的镜子,她的脸色发灰,没有生气,如同人行道一般。她似乎散发着卷心菜和霉菌的臭味。洗澡也无济于事。她走上街,买了杯咖啡,上了一辆公交车,坐在顶层。洗过澡,她的头发还湿漉漉的。她把头靠在车窗玻璃上,留下一块湿印。她尝试忽略那些触须,它们正慢慢钻进她的身体,让血液变得黏稠。专注于现实,她告诉自己。保持正念。她最近读到一篇文章说正念会有所帮助。现实是:咖啡有点甜,还有股土味,车上的空调让她起了鸡皮疙瘩。今天是初夏温暖的一天,但空气中有一缕哀伤。几个月后,夏天就会结束,所有的一切也一样。

她已经和埃迪在一起两个月了。而这终究也会结束。

他何时会暴露自己？她呢？她的体内有什么东西在疯狂扑打，就像困在笼中的动物。好好待在里面，她想。她透过车窗向外望去，看见一个穿着私立学校制服的小女孩——穿着栗色西装外套、格子短裙、及膝长袜，戴着草帽——和父亲一起走在街上。他的样子有点像犹太人，也有点像律师。那蓝衬衫、下颌的垂肉、稀疏的头发和金属框眼镜；那种忧郁的、仿佛背负着一千年历史的感觉。一位犹太律师父亲——她曾经也有一个。

街上的女孩大约六七岁，纤细的腿蹦蹦跳跳，笑容灿烂，而她父亲的表情紧张而疏离。艾丽斯的四肢有一种陌生感，仿佛它们不属于她。也许她正在变成痴迷于砍掉双腿的疯子——她喜欢读这些人的故事，他们让她觉得自己非常理智。知道她的疯狂有上限这件事让人宽慰。她不像肖尔迪奇剧院门口的流浪汉，眼神惊恐，对着天空大喊大叫。她没有幻视，也没有幻听，她有工作。她看起来就像个正常人。所有这些伪装和表演，都是她毕生的事业——比她在自由公司做的任何事都要艰难得多。

那天早上，她在创意盒子里做了年度绩效评估。前十分钟还算顺利。艾莉森称赞艾丽斯对数字创新的热情、与客户的关系和项目管理的才能。艾丽斯很高兴自己通过了对这些东西感兴趣的人的评估。

"但问题是，"艾莉森在第十一分钟说，"我听办公室里的几个人都这么说……"她露出一个短促生硬的微笑，仿佛很抱歉要说出这个可怕的消息。"大家都说你棒极了，是公司的重要财富，但我们感觉你缺乏领导力。你明白我的意思吗？"

"呃，明白。"

烟霾正在休息。它很可靠，总在关键时刻消失，让艾丽斯不至于难堪。谢谢你，烟霾。

"很好，这么说，你自己也很清楚。我就喜欢你这一点——你有自知之明。"

你知道这一点还差得远呢，贱人，艾丽斯心想。

"我说这些是因为你拥有无限的潜力。我是说，你觉得自己五年后会在哪里？"

在另一颗星球上，艾丽斯想。如果我去不了，我就去整容，移植大脑，用新的身份去撒哈拉沙漠里生活。

而她说出口的却是："在这样一个技术驱动的领域工作，很难说五年后我会在哪里。五年后最适合我的工作现在可能还不存在。"

艾莉森微笑着点点头，如同一位骄傲的母亲。"一点不错！我们想法一致。你知道吗，我在你身上看到了我自己的影子。"

艾丽斯睁大双眼，说："哇哦，谢谢你。"仿佛这句话是纳尔逊·曼德拉对她说的。

"过几年,你会坐上我的位置,但需要付出很多努力。你只是不够——"艾莉森双手握拳,重重地捶在桌子上。砰!"你明白我的意思吗?"

"明白,明白。"艾丽斯也握紧了拳头,但没有捶桌子。

"你要多发挥领导的作用,站到前面来。你应该像……像一个带领军队出征的指挥官。这场战役就是要让人们点击、参与、与内容互动——"

"还有下单?"

"对,但你要更全面地思考。这不仅仅是转化。这是讲故事。"

那位导师会怎么做呢?艾丽斯想。那个穿着红黄两色长袍、慈眉善目的男人。艾丽斯对他知之甚少,但他也许会让她放弃这份工作,放弃所有的财产,做个僧人。也许这就是答案。

"你在三文鱼项目里表现得很出色。"艾莉森说。

"谢谢!"艾丽斯仍然不知道那到底是什么。

"但三文鱼卵项目呢?"

她也不知道那是什么。

"是啊,三文鱼卵项目很有意思。"

"是啊,不是吗?我觉得这是最适合你大展拳脚的项目,它可以成为你的孩子,由你来掌控的东西。"

艾莉森是因为自己也不理解这个项目才不想接手的吗？艾丽斯审视着她上司的脸。她的金发整齐地向后梳着，但目光深邃而灼人。

"我很乐意在三文鱼卵项目中担任更重要的角色。"艾丽斯说。

"很好。所以你明白了我的意思，做个领导者。"

"嗯……抱歉，但我不是特别确定。"

"听着，艾——"艾莉森失望地皱起眉头，"我知道接受负面的反馈很难，但更重要的是着眼于未来，着眼于你个人和职业发展。我们真正关心的是——你。"

艾丽斯强忍住了歇斯底里、充满怀疑的笑声，但没有藏住歇斯底里、充满怀疑的笑容。

"也许是自信心的问题。"艾莉森说，"我明白这种感觉，我们都是女人。"

"没错，我们都是。"

"你去开会的时候应该——"砰！"知道吗？"

"这样吗？"艾丽斯用拳头砸向桌子。砰！

"不是说字面意思。我是指你要怎么说话，怎么做事，怎么提出自己想法。"

"就好像，我的性格。"

"没错！你懂了。"

"好的。"艾丽斯感到很无聊。她们只是在打发时间，扮演各自的角色，就像台词说得太快、也没什么感情的蹩脚演员，因为他们只想走下舞台回家。她表现得如何并不重要。她不改变也不重要。重要的是扮演自己的角色，知道自己的位置。点头，微笑，承诺会做出改变，感谢这个机会——永远要心存感激。

"太好了！"艾莉森说，"我想送你去上领导力培训课。我知道有一门很好的课程，我自己也上过。你觉得怎么样？"

我不想做领导，艾丽斯想说。可以吗？

"听着是个不容错过的机会。"她用平静的语气说，"谢谢，艾莉森，真是太棒了。"

她们的微笑已经僵在了脸上，像在做鬼脸。

"那就回去工作吧！"艾莉森拿起她的 iPad。

她们一同站起来。艾丽斯至少比她高四英寸。她的视线越过她的头顶，那里有漂白剂留下的纹路。如果这是石器时代，艾丽斯可以把她摔在地上，把她掐死，因为她才是块头更大、更强壮的人。但自石器时代以来，事情已经不同了。艾莉森在唯一重要的方面更胜一筹：她相信自己。她们出了房间，向不同的方向走去。艾丽斯走向工位时，听到艾莉森在走廊上跑，去参加下一个会，步子不太稳，像一头牛。随后，砰！艾丽斯转过身，看见艾莉森面朝下趴在地上，四肢摊开，乐福鞋挂在脚上。

"我的天。"艾丽斯说，尽量克制住声音中的笑意。"你没事吧？"最后一个字哽在她的喉咙里。她在努力强压住嘴角。

"没事，没事，当然了。"艾莉森站起来，尴尬地涨红了脸，快步走开了。

等她终于走出听力范围，艾丽斯忍不住放声大笑。她的脸皱得像一张纸。她的笑声更像哭喊，原始而绝望。她在啜泣，想着艾莉森趴在地上的样子，喜极而泣。泪水顺着她的脸流到胸口，流进她衬衫内侧。她回到办公桌，向埃迪举起手，想说些什么，但她什么也说不出。最后她低下头，放任情绪奔涌。

"你……还好吗？"埃迪问。

她又想说话，但只能勉强挤出："我不行了。"

"结果那么好吗？"

"不，不，一点也不好。"

她的脸因情绪失控而颤抖。她感觉自己像是中风了。她想一遍一遍地回放那个场面，就像一个会自动重播的在线视频，永远循环播放。

"我太开心了，就是死了也好。"

那一刻过后，艾丽斯几个小时都在盯着电脑。她完成了任务，在清单上把它们划掉，回复邮件，但每隔几分钟，她就会走神。鞋店又给她发邮件了：我们很想你。不，你们不想，她心想，再次取消订阅。

下午，公司员工聚在办公室厨房，为一个财务部的同事唱生日歌，他每天都戴着羊毛帽，哪怕是在夏天，好遮住头上的秃块。艾丽斯吃了三种蛋糕，与不同的人闲聊，然后走回办公桌，觉得恶心。她凝视着窗外晴朗的蓝天，听着海鸥疯狂的尖叫——这里离海那么远——听着建筑工地的轰鸣、街道上行人的脚步。她抬起头看着天花板，可能是这周第一百次地想：我绝对可以在那盏灯上上吊。他们发现我时会怎么想呢？

我应该让自己忙起来，我应该前进，我应该努力提升领导力，制定计划，征服世界。但她真正想做的事是站起来大喊，我他妈的不在乎！那会是多好的发泄啊。也许同事会加入她的行列，一起高喊，我们他妈的不在乎！或者他们会唱出来，就像歌剧中的合唱，然后像动物一样在办公室里乱窜，用牙齿拔掉电脑插头，把电脑从窗户扔出去，用爪子相互抓挠，在转椅上交配。她想象着艾莉森站在她的办公桌上，高举着双臂尖叫的样子。

如此幸运，又如此痛苦，简直叫人无法忍受。我应该像狗一样被实施安乐死，她想。我需要离开伦敦。我要离开这个国家，这个地球，这个太阳系。

下班后，同事们邀请她去喝一杯，她假装自己头痛拒绝了。珍妮试图说服她一起去，抓住她的手臂，拽着她穿过走廊，仿佛她不去的话，一整晚就毁了。人多力量大，多一个人在桌边吐槽艾莉森，就能让他们放下心来，确信自己依然被爱着。

艾丽斯怀着内疚的心情回到家。基兰不在。她躺在床上，腿上放着电脑，在各种网站上刷着衣服，想象着穿在身上能让她看起来更好。她收藏了几件，但什么也没买，洗了个澡，来了一次，过后又很羞愧，仿佛有人在注视和评判她。她穿着浴袍回到电脑前，头发还湿着。十点半，门铃响了。是埃迪，带着无忧无虑、醉醺醺的微笑，眼睛闪闪发亮。他一进门就把手伸进她的浴袍里。她拍开他的手。他们进了卧室，她没有拒绝他的爱抚，但随后又让他停下，他们躺在羽绒被里，抽着他带来的烟卷。

"你还好吗？"他一边问，一边抚摸她的头发。

艾丽斯向空中吐出一缕细长的烟雾。埃迪很失望，因为他想做。艾丽斯对他的失望感到失望。

"那个，我今天做了绩效评估。"她说。

"是因为这个你的情绪才怪怪的吗？"

"说我怪怪的，是因为我现在不想做吗？我难道必须时刻都想吗？"

"好吧，其实我就是这样的。"他坏笑着说。

"那我就应该随时满足你吗？"

"不，不。"他喷出一口烟，叹了口气，"当我没说。"

房间里的味道肮脏而甜腻，是麻和没洗的床单的味道。这种味道已经持续多久了？实在太久了。

"你知道吗，艾丽斯，"他说，"如果你想跟我说点什么，随时都可以。"

她瞥了他一眼，笑了两声，又回头盯着天花板。"你指的是什么？"她透过眼角的余光，能看到他在看着她。

"我不想太冒昧，不过，你不用瞒着我什么。可以跟我聊聊。"

"说什么？"

"说说你的感受——你知道，随便聊聊就行。"

艾丽斯的喉咙发紧。一阵寒战传遍她的身体。他知道吗？埃迪知道她的内心已经腐烂了吗？他能看到床的上方像恶灵一样盘旋的烟霾吗？他能听到它嘲笑艾丽斯，嘲笑她伪装成正常人的软弱努力吗？连基兰、莫娜和她们的母亲都不知道，他怎么会知道？

艾丽斯转移了话题。"艾莉森对我说，我需要提高领导能力。她要送我去参加一项课程。"

"万一你觉得挺有用的呢。"

"你是这样想的吗？"

"如果你觉得没什么用，那也不会怎么样嘛。"埃迪说道，听起来非常容易，并且合情合理。

"但这个想法,去上什么不靠谱的课,好像我有什么人格缺陷——"

他把烟屁股丢进一杯水里。"工作不就是这样的嘛。你得参与这个游戏。就这么回事。"埃迪没有烟霾。他对烟霾免疫。

"工作占了我生活的大半。我不想把它当成游戏。我想从中获得……"艾丽斯本想说成就感,但承认这点让人太难为情了。她让这句话终结在半空。他们现在都平躺着,看着天花板。她的视线追随着一条熟悉的裂缝,划过斑驳的白墙。

"我累了。"她说。

"那我走了。"

"别走,留下吧——这么晚了。"

很快,艾丽斯就会钻进被窝,关掉灯,烟霾会回到它往常的位置,在她身上,把她按在床垫上,让她变得更渺小、更微不足道、呼吸更加困难。埃迪去浴室刷牙了,艾丽斯看起了手机,因为这就是地球上的人被独自留在房间里时会做的事情——看看手机上有什么消息,抵御孤独。有一封来自 Nyx 公司的邮件。

> 亲爱的艾丽斯·科恩,
>
> 感谢您参加"生活在 Nyx"的首轮面试。我们很

高兴邀请您参加第二轮面试。请——

她只读到这里,给它打上旗标,她笑得太开心了,埃迪进来时问:"什么事这么好笑?"

"没什么,就是推特上的蠢事。"

烟霾举起那双肥胖的、灰扑扑的手,闷闷不乐地缩回墙里。

半夜,艾丽斯醒了,发现埃迪紧贴着她的背,温暖而束缚。她克制住推开他的冲动。

"艾丽斯,你醒了吗?"他问。

她没有回答,但睁开了双眼。太阳正在升起。百叶窗的边缘,天空渐渐变蓝。

埃迪悄声说:"我真的很在乎你。你是知道的,对吗?"他顿了一会儿,沉浸在自己的表白中,"我知道你醒了。"

艾丽斯紧紧地闭上眼睛。从他口中听到这些话,感受着话中的空虚,以及这种空虚的分量,这让她觉得害怕,但很快这种感觉就过去了,她又睡着了。

# 7
## 可怕的事

想自杀的那天晚上,艾丽斯站在卧室的窗边,裹在窗帘里,寻找满月。根据网上的说法,今天就有满月,但她找不到。天空是暗沉的深灰,不是纯黑。没有星星。这是什么迹象?她那时十六岁,觉得一切都是迹象。我要消失,她想,就像月亮一样。

过去几年里,烟霾幼兽越来越强壮,学会了走路和说话,收集着对抗她的证据。她不再上台演戏,也不再演奏乐器。她开始厌恶自己。烟霾比人类长得更快。

★

几周前的一个周六,艾丽斯正在为一个派对做准备,母亲叫她下楼。埃莉诺去见了住在附近的老朋友安东尼娅,一小时前回的家。艾丽斯走进厨房,母亲正在收拾剩菜剩饭。莫娜坐在高脚椅上,拿着一把塑料勺,咿咿呀呀地自言自语。有个一岁的样子。

"怎么了,妈妈?我马上要出门。"

那时的一切都比现在新——房子、厨房、艾丽斯、莫娜,甚至她们的母亲,她在厨房的桌子和洗碗池之间忙碌着,长长的灰金色辫子垂在背后。多年以来她都是这个发型,但很快她就会剪掉辫子,染成别的颜色。

埃莉诺转过身,把辫子拽过肩膀,说:"坐下,艾丽斯,我有话要对你说。"她的眼中充满恐惧。她总是一脸严肃,但眼神通常更空洞。

两人在厨房的餐桌边坐下。埃莉诺把抹布放在一边。

"我不想因为告诉你这件事而毁了你的晚上。我一直拖着没说。总觉得时机不对。但安东尼娅认为我应该告诉你——我觉得她说得对。杰克也这么认为。"

"天哪,到底是什么事?"

母亲叹了口气。"这些年我一直想告诉你。是你父亲的事。"

"罗伯特。"

"没错。"她摆弄着手指。她的手指在颤抖。"我一直没告诉你他是怎么死的。我早该告诉你的。"

莫娜发出一声尖叫,笑了。嘴边都是亮晶晶的口水。

"他心脏病犯了。"艾丽斯说。

"不,真相不是那样的。那时你才六岁。我不能告诉你发生了什么事。你还太小了。"

艾丽斯一下子明白了。她的五脏六腑仿佛都是铅做的。当然,这是个谎言。当然,罗伯特和艾丽斯一样。他是她的父亲。她是他生的。

"他用的什么办法?"

母亲睁大了双眼,惊讶于艾丽斯的猜测。"你父亲病了太多年。他觉得无法忍受了。"

"他是怎么自杀的?"

突然,埃莉诺似乎后悔开启了这场谈话。她摇了摇头,闭上眼睛。"要不我们下次再说吧。"

"不,妈妈,你现在就得告诉我。他是吃药死的吗?"

"不是,但——"

她们的声调越来越高。莫娜不叫了。她静静地看着她们,仿佛在关注着她们的谈话。

"跳桥?"

"艾丽斯——"

"上吊?"

"不是。"

莫娜坐在高脚椅上,用刚吮过的勺子砰砰地敲着桌面。埃莉诺摸摸鼻子,移开了目光。她拿起抹布,开始疯狂地擦桌子。这些不是说谎的迹象吗？艾丽斯想。她在网上看到过。如何识别说谎者——十大迹象。母亲抬起头，抿起嘴唇，皮肤薄而苍白，下颌已有了柔软的双下巴。

"就是上吊，对吧？"艾丽斯问。

"要不你今晚别出门了吧。我们可以……待在家里，看个电影，吃个披萨——你喜欢什么都可以。"

"不，我想出去。"

母亲点了点头。"好吧，如果你觉得这样最好，我也不能阻止你。也许见见你朋友也挺好——能让你别去想这件事了。"

但艾丽斯希望埃莉诺能阻止她。她想要她抱着她，抚摸着她的头发，给她唱《平安夜》，就像以前一样，尽管现在才四月，尽管会有点奇怪。她还想多聊一会儿，听听母亲的解释。这种奇怪的感觉最终会消散的。

"是啊，"艾丽斯说，"我没事。我是说，都过去这么多年了，所以……"

埃莉诺微微笑了笑。"那我就放心了。我很高兴终于告诉了你。"她的手犹豫不决地伸过桌子，但没有去碰艾丽斯的手。

上楼时，艾丽斯感觉血液在凝固成冰。她搓搓手，想驱散这种感觉。卧室的镜子里，她看上去毫无变化。她继续化妆：金色眼影、黑色睫毛膏、唇膏，廉价甜腻的香水。

"没事的,我很好,每个人都很好,我们都好。"她低声说,轻轻拍着镜中的脸庞,"不是吗?是的,我们很好。"

她对着镜子里的自己笑了笑,几乎相信了。

派对上,不知道在谁的卧室里,艾丽斯任由一个男孩把手伸进了她的裙底。不是随便哪个男孩——是詹姆斯,她朋友贝丝的男友。贝丝没来。她和艾丽斯曾是最好的朋友,但长大后,维持对彼此的欣赏越来越困难。贝丝是那种经常抛出小小的、带刺的侮辱的女孩,但她说得如此优雅和微妙,你甚至没法说她刻薄——不过,人人都怕她。

詹姆斯整晚都在讨好艾丽斯,不停地为她加满伏特加和可乐,她每几分钟就喝干一杯,直到关于罗伯特·科恩的消息暂时消退。詹姆斯的两根手指戳进来时,她控制着自己不躲闪。她大口地喘着气,就像电影里的女孩一样,但她心中更多的是战栗的恐惧,恐惧冲破伏特加,让她几乎清醒过来。她从没想过自己可以做如此可怕的事,但她确实做了。詹姆斯把她的头按在自己腿上——她从没这么做过。他很快就到了。腥咸恶心。他甚至并不帅。她也不知道自己为什么要这么做。事后,两人都很尴尬。

几天后,艾丽斯收到了一条来自未知号码的信息——一张特写照片。她没发现他拍了照片。她的眼睛闭着,几乎沉浸在幸福中,专注于面前的工作。其中有种诡异的美感。照片传开。所有人都看到了。艾丽斯收到了更多短信，熟人和未知号码的都有。

**科恩你这个下贱的婊子**

用力吸啊！

很享受嘛你这个骚货：）

学校走廊里，贝丝朝着她大喊：贱货！周围都是她们的朋友，大家一同大笑。他们看起来好开心。这是真正的联谊。艾丽斯逃走了，跑到厕所隔间哭，咬着自己的手，以免发出声音。

"嗯……好吃。"烟霾说，一颗又一颗地舔着她的泪水。

就这样持续了好几周。短信。烟霾。深夜的手机来电——有时没有声音，有时是咯咯笑的女生，但大多数是她认不出声音的男生。

"今天你吸了吗？哈哈哈。"

"科恩，科恩，科恩。"这次是一群人，像在足球赛上高唱着口号。

"丑人多作怪。"

"你要自杀了吧？"

她的号码传遍了。他们都知道她是个烂人，即使是她素未谋面的人。她躺在床上，紧握手机，等待惩罚，在黑暗中反复读着那些短信，几乎无法入睡。到了晚上，人人都对她格外关注。而白天在学校，她就是个幽灵，只有老师才能认出她。

\*

那是一个周三晚上。所有人都睡了——母亲，杰克，小婴儿莫娜。艾丽斯溜进浴室，在壁橱里翻找。埃莉诺喜欢囤东西。艾丽斯把药片放在台面上，一共有几十片，用一杯自来水吞了下去，咽的时候差点卡住。她没有费心留下遗书。她回到床上躺下，等着烟霾将她带走。

"罗伯特·混蛋·科恩，"她低声说，"我来找你了。"

两小时后，她醒来时，已经吐得满身都是了。药片没有起作用。她又去马桶边吐了一些，换了件睡衣，回去接着睡。早晨，她的脸因为呕吐又红又皱的。

"一定是胃病，"她母亲说，"躺在床上别动，我来给学校打电话。"

自那次吐露心迹以来，埃莉诺再也没有提过罗伯特·科恩，以后也不会再提——至少不会说出来。有时她看着艾丽斯，特别是她们两人独处时，她的蓝眼睛会蒙上一层阴郁，艾丽斯将它理解为*我很遗憾你父亲自杀了*，但也完全有可能是其他意思。

"是啊，"艾丽斯说，"学校里正流行传染病。"

她没有告诉任何人。直到两年后，她遇见伊迪——饶是如此，也只有伊迪一个。

这样最好。她母亲会受不了的。杰克会把她送进精神病院。学校里的每个人都会知道。她永远也无法脱身。疯子科恩。做个骚货已经够糟的了。

下午，她溜进莫娜睡觉的房间，在半明半暗的光线中看了她两分钟。窗帘合拢着。莫娜紧闭的眼睑上泛着淡淡的紫色。她的脸蛋丰润无瑕，精致而崭新。她穿着彩虹条纹的婴儿连体衣，粉色的袜子，呼吸响亮而黏稠。这太神奇了，艾丽斯想，她还这么小，还没有成形，却有呼吸、生存和继续前行的本能。我以前一定也是这样。

"我是个傻瓜，莫娜。"她轻声说，"对不起。"

婴儿的呼吸变快了，睫毛颤动着。她能听见吗？不，她只是在做梦。

"我的父亲不爱我。我不怪他。"艾丽斯想哭，但她太累了。什么都不剩。一切都被吐得干干净净。"但我不会这么做了。再也不会了。我保证。"

她俯下身，亲了亲婴儿的额头。莫娜的味道像香甜的牛奶，像天堂一样。

# 8
## 面试-2

艾丽斯又回到了黑色的房间,坐在转椅上。

"欢迎参加第二轮面试,艾丽斯。"塔拉说。

"谢谢你们邀请我。"

"在全世界五十多万名申请者中,只有一万人在招募流程中走到了这一步。恭喜!"

"哇哦,太棒了。你们是怎么筛选的?"

"我们在不同个性和技能之间寻求平衡。"

"好的。"

"你依然想加入'生活在 Nyx'吗?"

"当然。我人都在这里了。"

"有些人来面试只是出于好奇。有些人则是为了写关于我们的文章。"

"哦,是的,我看到《卫报》上那篇文章了。但我不是记者。我更像是一个内容策划。"

"这类技能在 Nyx 上会非常有用。"

"好极了。"

"好的,第一个问题:谁是你生活中最亲密的人?"

"很难说。我想大多数人会说是家人,但我们并没有那么亲密。也许是我的朋友基兰。我们住在一起好几年了。我对她的了解比对我妹妹的都多。"

"怎么说?"

"我并不是和妹妹一起长大的。我比她大很多。"

"你能说得具体一些吗?这是你在第一轮面试中提到她的部分。"

艾丽斯的录音在房间里回响:虽然我有时也会担心她……她非常文静,也很用功。我觉得她没什么朋友。

"听到自己声音的感觉好怪,"艾丽斯说,"我不知道。我没办法解释。她的生活好像没有一点乐趣。不对,这样说太夸张了。她在许多方面非常幸运,也许她的情况会不一样。我和基兰最亲近,但我不知道会不会一直这样。朋友似乎总是来来去去。莫娜是我最爱的人。"

"要永远离开基兰和莫娜,你会有什么感觉?"

"会非常难过……心如刀割。基兰到最后应该会没事的——她还有很多别的朋友。我更担心莫娜。"她顿了顿,"你看,我不是心理变态。这是我这辈子做的最困难的事了。

我不知道这是不是你们想要的答案,但我还是想去。"

"我们并不寻求特定的答案,也绝对不是要找心理变态。那样做是行不通的——我们想建立一个社区。既然你这么爱基兰和莫娜,为什么还想去 Nyx 上生活?"

"对两个人的爱不足以让我留在这里。"

"你不开心吗?"

"不,我很好。我很开心。"

"那是为什么?"

"我想过不一样的生活,特别的生活。我想要被——这很糟糕,但或许我希望以某种方式被人们记住。"

"为什么这很糟糕?"

"这不是什么崇高的目标,对吗?我的工作一点意义都没有。我还想做更多事。我想要对世界产生影响,即使那意味着要离开这个世界。"

"你谈过恋爱吗?"

"谈过,和我的前女友,在我十几岁的时候。她是我交往过的唯一一个女孩。也许那不是爱,但我当时非常迷恋她。"

"她叫什么名字?"

"伊迪。"

确实有些丢脸,伊迪依然住在艾丽斯的脑海里,就像一个拒绝搬走的恼人房客。艾丽斯经常梦见她,她有时会忘记自己已经十年没见过她了。难道我没有在那个末世音乐节上见过她吗,她不是正在火上烤棉花糖吗?难道我们没有一起在北海游泳吗?我们回到岸边时,她不是告诉我她爱我吗?这些都只是梦。几十个梦。几百个梦。

"她姓什么?"

"多尔顿。"

"伊迪·多尔顿?"

"伊迪丝·多尔顿。"

"有中间名吗?"

"我不记得了。你是要去找她吗,还是怎么?我们好多年没说过话了。我甚至不知道她在哪里。我是说,她可能在伦敦,但我不知道。"

她当然搜过她——无数次——但伊迪在网上似乎没什么存在感。艾丽斯尽量不去理会那些传言:伊迪过得一团糟,是个瘾君子,被送进了精神病院——这些传言不可能都是真的。她沉浸在自己的回忆里,它们随着岁月的流逝越发鲜活明亮:躺在汉普斯特德荒野[①]里长吻,久久地凝视着对方的眼睛;伊迪金色短发绸缎般的触感;整整两个

---

① Hamstead Heath,伦敦一个郊野公园,距离市中心大约七公里,占地三百二十顷,经常被伦敦人简称为荒野(the Heath),本书中的"荒野"均指汉普斯特德荒野。

月,伊迪在她体内激起的病态狂喜;还有那种惊喜,一个女孩竟能给她这样的感受。艾丽斯的记忆和梦境交织在一起,创造了一个永恒的伊迪,她永远十八岁,是爱与希望的灯塔。某种意义上,艾丽斯很庆幸伊迪不喜欢上网,也很庆幸十年都没有见过她。否则,她的幻想就破灭了。

"如果你进入了招募流程的下一阶段,"塔拉说,"我们可能会联系你生活中的几位关键人物。其中可能包括伊迪丝·多尔顿,也可能不包括。"

"好吧。虽然我觉得她对你们可能没什么用。"

"你和多少人发生过性关系?"

"十四个。"

"伊迪丝是第一个吗?"

"不是。"

"你有过一夜情吗?"

"有过。不多。"

"你对这些一夜情感觉如何?"

"谈不上很好。"

"你喝酒的频率如何?"

"相当频繁。"

"你知道 Nyx 上是没有酒的。"

"没问题。我没有酒瘾。"

"但你可能会想念它——你不觉得吗?你也许会发现

自己想念所有看似微不足道的小事。"

"你怎么知道？"

"那里已经有人住了。"

"是啊，我知道。"

"那是一支由工程师和科学家组成的专家团队。他们正在为'生活在 Nyx'社群建造家园。"

"他们想念地球吗？"

"非常想念。"

"他们后悔去那里了吗？"

"他们没有公开说过，一个也没有。"

"好，那就是了。"

"你不喜欢地球上的生活吗，艾丽斯？"

"你不是已经问过了吗？"

塔拉没有回答。艾丽斯发现自己正交叉着双臂。她松开手臂，垂在身体两侧。小时候，母亲总说"不要叉着胳膊——小小年纪看着这么严肃"。但现在她不知道应该把胳膊放在哪里。

"这个问题感觉是个陷阱。"艾丽斯说，"如果我说讨厌地球的生活，你们会认为我太痛苦了，不适合去 Nyx。如果我说喜欢，你们又会觉得我不该想去。"

"这个问题不是陷阱。你说的是两种极端的观点。但喜欢和讨厌之间有一个光谱。"

"我不讨厌地球的生活。生活就是这样。但我认为 Nyx 上的生活会更有意思。更有成就感。"

"好的。我想问几个关于健康的问题。"

艾丽斯的心猛地颤了一下,就像疾风中的塑料袋。掌心也开始出汗。她搓了搓手,放在了牛仔裤上。

"你的健康状况总体如何?"

"很好。"

"你以前有过健康问题吗?"

"除了普通的感冒和流感,还有一次摔断了腿,别的没了。"

"你定期服用什么药物吗?"

"没有。"

"你可能还记得条款及细则,很遗憾,我们不能招募有药物依赖的人——我们没有这个能力去供应。"

"好的。"艾丽斯在几周前读过一篇深度报道,讲的是"生活在 Nyx"如何歧视跨性别人士、残疾人、精神疾病或慢性病患者的。"如果那里有人生病了怎么办?"

"有医疗保障,但我们希望尽量减少使用。"

"好吧。万一药品用完了呢?"

"或许你已经在网站上看到了,这只是'生活在 Nyx'的第一阶段。未来十年内,我们希望运送更多的人和物资过去。最终,这个星球会实现完全的自给自足,拥有设备完善的实验室和医院——就像地球上一样。"

"好的。"

"你的视力如何？"

"我认为没有任何问题。"

"你因为心理健康问题接受过治疗吗，包括焦虑和抑郁症？"

"没有。"我回答得会不会太快了？她想。她的心脏跳起了小小的舞，踮起足尖转了一圈，她并没有理会。

"你有过自杀意念吗？"

"那是什么？"她明知故问。

"你想过要自杀吗？"

"没有！"她假装惊恐地说。

"你服用过非法药品吗？"

"从来没有。"她额头上的毛孔在谎言的力度下张开了。

"如果你通过了招募流程，我们将对你进行药物测试。"

"没问题。"在那之前不碰就是了。

"你允许我们查看你的医疗记录吗？"

"可以。"

"很好——外面有张表格。请在离开时签字。如果你的记录不符合我们的要求，我们会要求你参加我们自己的体检。"塔拉的语气突然变得很正式，"如果你进入下一阶段，我们会联系你的。"

"谢谢你，塔拉。"

"祝你今天愉快。再见。"

一阵噼啪声，接着是一片寂静。艾丽斯走出了黑色的房间。相比之下，走廊太亮了。她靠在墙上，等着眼睛适应亮光。

# 9
## 我想赢

还有四十分钟,卡姆登的伦敦领导力学院课程就要开始了,艾丽斯吞下一片粉色的药片。这是九月下旬的一个周五早晨。工作坊看着像是匆忙翻修过:光亮的油毡地板、绿色的塑料家具、才做过吊顶的办公室天花板,墙上挂着几幅安迪·沃霍尔的版画,装在画框里,玛丽莲·梦露、猫王、牛。两块白板前,十二把椅子呈马蹄形摆放。大多数座位上的人都是二三十岁,除了一个穿着西装的男人,大概五十多岁。太晚了,老兄,艾丽斯想。我也是。

"嗨,"她在他旁边坐下时说,"我叫艾丽斯。"

他浑身一激灵。"哦,嗨。"他的西装松松垮垮地挂在身上,和灰发同色。"我叫约翰。"

他们握了手,两人都满手汗水。艾丽斯在牛仔裤上擦了擦掌心,想把手藏起来。

"你是做什么的,艾丽斯?"

她深吸一口气,她每次介绍自己的职位时都是这样。"我在一家创意代理公司做数字创新架构师。"她笑了笑,微微翻了个白眼,表示她知道这个职位很荒谬,并且不能定义她。

"听着很厉害。"

她笑了起来。"没什么了不起的。"

"这是什么意思呢?你如果不介意我问问的话。我就是个老古董。"

"这只是我所从事的品牌数字战略工作的一种花哨说法。"约翰又点点头,依然不确定这是什么意思。"你呢?"

"我在一家精神健康慈善机构做IT经理。"

"你为什么来这儿呢?"

"我们IT部门最近招了个新人,首席执行官认为我可能需要一些培训。你看,我从来没有管理过任何人。"

"我也是新手。"

"是啊,但我多吃了几十年的饭。你手下有多少人,艾丽斯?"

她一直很喜欢刚认识的人记住她的名字。这说明他们在意。或是想从她这里得到什么,但约翰并不属于这一类。

"目前只有一个。"她说,心里想着,而我还在和他上床!"我上司希望我能提升领导力。"

"明白。"

一个男人大步走进来，穿着灰色长袖T恤和黑色牛仔裤。他身材健壮，有种粗犷的英俊，黑发光滑油亮，肤色是晒过的橘棕色，双眼炯炯有神。他审视着学员，向每个人微微点了点头，仿佛在想，没问题，我可以修好你，你，还有你。

所有的学生都停下了交谈。他拍了两下手，吸引大家的注意，尽管大家的注意力已经集中在他身上了。

"好了，好了，各位。"他说，"欢迎来到快车道领导力工作坊，在这里，领袖不是天生的，而是培养出来的。"他是英国人，但口音奇怪而平淡，让人感觉他似乎希望自己是美国人，甚至是澳大利亚人。"我叫亚当·西克勒-琼斯，今天我要帮你们找到内在的领导者。是不是很不错？"

大家都在窃窃私语——一阵重重叠叠、无精打采的绝望嗡鸣。

"哇，就只是这样吗？我站在这里，告诉你们我要在接下来的几小时里改变你们的人生，你们只想说，呃，也行吧。但这跟其他的培训课程不一样。记住我的话。如果你对成果不满意，我会自掏腰包给你退款。现在，我再问一遍，但这一次我希望你们精神一点。准备好了吗？**是不是——很——不错**？"

"**是！**"大家异口同声地说，因为他们从小就接受过训练，要服从那些要求他们精神点的人——无论是在摇滚音乐会上、工作场所、家里，还是床上。

"这才像话！"亚当·西克勒-琼斯拍着厚实的手掌。浓密的黑色毛发从他 T 恤的领口冒出来。他卷起袖子，露出毛茸茸的手臂。就是那种肌肉猛男。艾丽斯想知道他背上是不是也有这么多体毛。这个想法让艾丽斯有点兴奋，尽管她从未对毛发浓密的男人有过兴趣。这只是个生物学把戏：他体内高浓度的睾丸酮令她疯狂。一幅画面在她脑海中一闪而过，亚当·西克勒-琼斯在她体内猛烈撞击。

"嘿？"他对她说，"你在听吗？"

"不好意思。"艾丽斯说。

"专心一点。你只有一次机会学习这些知识。现在，每人做个自我介绍吧，说说自己的工作，为什么来这里——就从你开始吧。"亚当指着艾丽斯。他的表情非常严肃，就像电影明星在烂片里扮演生气的老师。

"大家好，我叫艾丽斯，在一家创意公司做数字创新架构师，为客户管理数字项目，交付社交媒体、内容、营销和开发方面的战略。我来这里是为了树立领导者自信。"

亚当点点头，但他的眼睛空洞无神，似乎在想着别的事情。从后面干，艾丽斯想。在健身房举重。和肌肉分明的男性朋友在空中击掌。

"我叫约翰，在一家精神健康慈善机构负责 IT 工作。

我们部门最近扩张了，我并没有多少管理员工的经验，所以我来学几招。"

"我叫埃米。"一个红发红唇、身穿酒红色套裙的女人说。她的衣着和举止的每个细节都在大叫，我很自信！"我是一家银行的市场经理，有多年的管理经验，但我认为应该学点新知识，更新自己的技能。"

自我介绍继续进行。

"我叫露丝。"

"我叫史蒂夫。"

"我叫马德莱恩。"

"我叫霍利。"

另一些名字。另一些职位。另一些人生。

"我叫汤姆。"一个三十来岁、一头黑发的英俊男人说，"我在一家电影发行公司做营销主管。我不知道自己为什么来。我老板叫我来的。"

艾丽斯对他的印象很好。

"我说，汤姆，"亚当说，"这可不是我想要的态度。"

"不是吗？为什么呢？"

"难道你不渴望学习新东西、找到你内心的自信吗？"

"我内心的自信？"汤姆环顾整个房间，"可它藏在哪儿呢？"

"显然，你觉得自己已经是个大人物了，我看得出来。

但我看到的,我的朋友,是完全不同的东西。我看到的是一个惧怕个人成长的人。但是,如果你不愿意待在这里,可以随时离开课堂。"

大部分人并不想待在这里,只是缺个离开的好借口向老板交差,比如:工作坊的主讲发表了种族主义言论,所以我生气地离开了。这个更好:我收到了妈妈的短信,告诉我舅舅去世了,所以我必须马上飞回澳大利亚。

"不,不,我留下。"汤姆说。

"很好,"亚当说,"我们开始吧。"

首先,他们进行了一场角色扮演练习,亚当和汤姆扮演同事。亚当试图说服汤姆,他们应该把文案全部解雇,换成拿最低工资的实习生。

"汤姆,这样我们能省一大笔钱!"亚当兴奋地说。

"但这太蠢了。我们有这么多经验丰富的写手——为什么要把工作交给一帮小孩呢?不管是对他们还是对我们来说,压力都太大了。"

"可是写文案只是把一堆词拼在一起嘛!谁都能写!"

汤姆打破了第四面墙。"你的职位是什么?"

"你在说什么,汤姆?你知道我是数字营销和传播部门的副总裁。"

"我就是很难想象,为什么有人在你的位置上,有这样的专业水平,却会说出这种话。"

"卡！"亚当拍了拍手，"你得留在这一刻，让它发挥作用，让知识进入这里。"他指了指汤姆的头。"总的来说，做得不错，但不要害怕坚持自己的立场。不要只是解释为什么这个人错了；要坚定地告诉他们，你不会屈服于他们的要求。要对自己有信心。"

"但如果他们也对自己有信心呢？早晚要有人让步。"

"但你想赢吗？"

"赢什么？"

"赢得人生，杂种，人生！"

"这也——"

"回答我的问题！"

"天哪。是的，我想是吧。"

"我想是吧？"

埃米举起右手，因为激动而有些紧张。艾丽斯发现她的指甲也涂成了红色。这一定是她最喜欢的颜色。

"我想赢。"她说。

"你想赢什么？"

"人生！"

"那你想赢什么？"亚当说着，看着汤姆。

"人生。"他说，作出了退让。

"你呢？"亚当问艾丽斯。

"呃，人生。"她说，尽管她非常确定自己并不想赢。

何况一个人要怎么赢呢？有什么迹象说明你要赢了吗？财富、声名、人气、高位、与有魅力的人定期做爱——但艾丽斯知道，即使拥有了这一切，人也可能不快乐。

"大家跟我念。"亚当说，"我想赢！我想赢！"

"**我想赢，我想赢。**"他们用不同的语气重复着，有的倦怠，有的热情。

"各位，这是你们的新口诀。在我成长为一名商业领袖和自我提升倡导者的过程中，口诀至关重要。不管你们信不信，曾经，我也和各位一样：一个中层经理，困在无聊的工作中，得过且过，挑容易的路走，而不是坚持自我。我在内心深处知道，我可以更有成就，只要我推自己一把。有一天，我醒来后想：我到底在做什么？我是个失败者。我看着镜子说，**我想赢**。一切就这样开始了。念一句简单的口诀，就能极大地提升你的自尊心。"

他顿了顿，一片尴尬的沉默席卷全场。艾丽斯看了一眼其他学员。不安从她的头顶一路蔓延到脚尖。她环顾整个房间，看看窗户上斑驳的城市污渍，看看地板，看看她未来的领导者伙伴们，他们有的真心实意，记了一大堆笔记，有的无动于衷，歪在椅子上翻白眼。唯一的希望就是角落里的饮水机——简单可靠地提供冰凉、新鲜的水。除此之外的一切都太不体面了。还不如做一只强壮沉默的大猩猩，背上挂着幼崽，在丛林中大步前进。

她的思绪已经远走。任它自由漫步,她感觉平静安宁。她就像一根被风吹来吹去的芦苇。远处的某个地方,亚当还在滔滔不绝——好像已经讲了好几个小时——讲他的领导力之路,似乎主要包括对着镜子大喊我想赢和辞职。接下来还有角色扮演,虽然艾丽斯并没有被叫上去表演,感谢老天。她只是一根海边的芦苇,听着浪涛的撞击、松林的窸窣、海鸥的啸叫。但是亚当拍了两下手,说午饭时间到了。他们把绿色塑料椅搬到窗边的绿色塑料桌旁,面前是几种三明治、小吃和饮料。

"你的工作怎么样?"汤姆问她。

如同昏倒后苏醒过来一般。她抬头看着他。他们在一张桌子上吃着三明治,每人面前都有一包打开的薯片和一盒苹果汁。给孩子的一餐。桌子上还有另外两个人,都在吃东西,没有说话。人们吃东西的时候看起来可真脆弱,艾丽斯想。就像田野中的牛,嘴里嚼着草,等着被带去宰。

"还行。"她说。

"只是还行?"

"你知道,这就是一份工作而已。工作永远都是还行,除非你是个宇航员、电影明星,或者是个在地板上拉屎还能卖一百万英镑的艺术家。"

他惊讶得向后靠了靠,嘴里还在嚼着薯片。"哇哦,我喜欢我的工作。"

"你喜欢它什么呢?"

"我喜欢电影,喜欢我的同事。"

"有道理。电影很重要。我只是帮公司卖洗发水和酸奶的。"

"你为什么不辞职呢?"

"我需要钱。我不知道还能做什么。"

"让你充满激情的事情?"

"激情?"艾丽斯问,仿佛是第一次听到这个词。由于滥用,它的词义已经稀释了——太多的求职申请,太多的报告演讲。激情就像是顺势疗法[①],像安慰剂。

"你有什么热爱的事吗?"汤姆问,"总有那么几件吧。"

晴朗的天气里,在户外喝酒,艾丽斯想。跳进池塘。高潮。

"不用管我。"她说,"我遇到了存在主义危机。"

"你今年多大?"

"二十八。"

"噢,那你要碰上土星回归了。"汤姆微笑着说。

---

[①] Homeopathic Remedy,被科学界认定为伪科学。顺势疗法认为,如果某个物质能在健康的人身上引起罹患某某病的症状,该物质即可用来治疗此类疾病,例如洋葱会引起打喷嚏,顺势疗法用多次稀释震荡后的极微量洋葱方剂治疗以打喷嚏为主要症状的鼻炎。

"我要什么？"

"这是占星术语。"他脸红了，笑了起来。他太可爱了。"不，我不信占星——我还没疯！——但他们是这么说的。当土星回归到你出生时的位置，你会经历某种危机或变化。每二十九年发生一次。"

艾丽斯抿了一口苹果汁。"那就怪到土星头上吧。"

他们都笑了，艾丽斯想：他比埃迪更帅吗？

"你过了三十之后，就会觉得好多了。"

是的，他更帅。

"希望如此。"艾丽斯说。

"就算没有，你也不会这么在意自己不快乐了。"汤姆举起他那盒苹果汁，"干杯。"

工作坊结束后，艾丽斯想，汤姆或许会问她要电话号码，但他没有。他们在街上道了别，他朝另一个方向走去，低头看着手机。天空是一片淡淡的、让人想吐的灰色。她离开大楼，低声念叨，*我想赢，我想赢，我想赢*，声音太小，连她自己都听不太清，但她希望这足以吓退烟霾。她的心思都在口诀上，结果走错了方向，来到了摄政公园的入口。

这就是我想要的，她想：新鲜的空气、树木、草地。

公园很拥挤，到处都是遛狗的人、母亲和幼儿、赏花的游客，还有几个漂亮的年轻人，他们享受着周末的开始，手牵手散着步,喝着啤酒,抽着烟,有说有笑。他们是怎么做到的?艾丽斯想。他们怎么这么擅长表演自己的生活?她感觉自己既不像人,也不像大猩猩,就像一只又蠢又疯的猴子,披着人皮,勉强有些人样。

天气仍然温暖,但空气中已经有了几分秋日的肃杀。她走着走着,阳光穿透云层,散发出柔和的蜜桃色光芒,天空浸在粉色的光亮中。美不胜收。即使心情阴郁,她也能看到这种美。地球有壮丽的美景,这不可否认。但在我们出现之前,地球也一直都很好,为恐龙和尼安德特人表演着野性的美丽——日落、日出、河流、高山、丛林、沙滩。艾丽斯见过的照片上,Nyx 远没有地球有趣。乏味的粉色沙漠无边无际。没有足够的氧气。她的余生都要在室内度过,再也不会有阳光照在皮肤上的感觉了。

公园里的人群中,她看到了似曾相识的人——大学研讨班的同学。是叫安妮、安霓、安娜,还是汉娜?她有一头黑色波浪卷发,一双绿色的眼睛,美得不可思议,就像一位迪士尼公主。有时,在研讨班里,艾丽斯发现自己一脸敬畏地盯着她看。如此光彩照人,让别人失去理智是什么样的感觉呢?但现在她连她的名字都不记得了。女孩老了一些,也胖了一些,但仍然很美。她搂着一个男人,两个人都在笑。她最近在做什么?即使做的事平平无奇,她那张脸也会让人印象深刻。艾丽斯低头看着手机,避开女孩的注意。她喜欢她的美貌，却并不想和她说话。这就是伦敦的问题：每个人都在这里。即使艾丽斯搬去另一个城市，另一个国家，还是可能遇到熟人。如果她离开地球，就谁也不认识了。

她刷着推特。有人在另一个国家把自己炸死了。几十个人遇难了。我的生活里全是令人尴尬的慰藉，她想。看看这座城市。看看我仿佛被魔法护佑的生活。随后她看了下邮箱。哪怕她已经取消订阅两次了，鞋店还是给她发了邮件：我们很想你。

她在大波特兰街站登上地铁，听着音乐，盯着治疗脱发和维生素的广告。一对中年夫妻上了车：时髦的金发女人和她满脸皱纹的丈夫。女人在车厢里四处张望，那双潮湿苍白的眼睛里流露出怪异和乞求。一滴泪水顺着她的脸流到了她涂着口红的嘴角。很快，她就无声地哭了起来，她的丈夫则目视前方，对她视而不见。天哪，艾丽斯想。这对夫妻下了车。列车和另一班地铁并排行驶，朝着同一个方向，有两秒钟两辆车都在隧道里。艾丽斯一向喜欢这种时候。她可以看到另一班地铁上的人，坐着，站着，被载着前行。等等，不——又是那个男人，公交车上那个让她想起父亲的正统犹太人，他正读着《伦敦旗帜晚报》。他已经不见了。地铁开走了。别傻了，艾丽斯心想，闭上了眼睛。他只是个路人而已。

## 10

## 哪个罗伯特？

周日，她回了父母家，为杰克·怀特庆祝生日。她有段时间没见过家人了。埃莉诺不是那种不断打电话考验子女耐心的母亲。相反，她用很少联系来考验艾丽斯的爱。艾丽斯曾经在她体内生长，她们曾共享同一个身体，似乎是一件不太可能的事。

前一晚，艾丽斯和埃迪去了一个派对。他们喝了上千瓶啤酒，现在她感觉血管里流淌的血都是酸的。

莫娜开了门。屋子里弥漫着烤鸡和烤土豆的味道。（要是能吃上一个香脆的烤土豆，艾丽斯现在什么都愿意做。）莫娜穿着蓝色卫衣，大拇指从袖子上的洞里伸出来，卷发挽在脑后。艾丽斯凑过去和她抱了抱。

"最近怎么样？"艾丽斯问，"学校里都好吗？"

"挺好。"

你还能对一个十三岁的孩子说什么呢？她们走到客厅，桌上已经摆好了四人的餐具。

"他们呢？"

"楼上。"

"你还好吗？"

"你已经问过了。"

"我们什么时候再去游泳吧。趁天气还暖和。"

莫娜似乎眼前一亮。"好啊，没问题。"

"下周末？"

埃莉诺走进房间，身后跟着杰克。埃莉诺的头发光亮，戴着珍珠，相比之下杰克身材发福，穿着随意，一头卷发乱糟糟的。艾丽斯用点头和微笑问候他们，而不是身体接触。同时，她想起了童年的记忆——她蜷在父亲腿上，他用双臂抱着她。他关灯前会亲吻她的额头。她已经忘记这些事了。

"我给你带了礼物。"艾丽斯说着，递给杰克一个包装好的盒子。

"啊，谢谢。你真好。"他拆开包装，看见威士忌的标签，点了点头。"是瓶好酒。"

"我……我男朋友推荐的。"

"你有男朋友了？"他饶有兴趣地挑了挑眉毛。

"是啊，他叫埃迪。我们是同事。"

埃莉诺点点头，微微一笑。"很好，我们吃饭吧？"

他们没有再问关于埃迪的事：他在自由公司做什么，今年多大，他们约会多久了，他是哪里人。他们吃饭时聊的话题浮于表面，从未深入。天气很好，消息很糟，食物不错。沉默的片刻，刀叉在盘子上叮当作响——但声音很轻，仿佛这些没有生命的物件也不好意思戳破沉闷的气氛。艾丽斯和莫娜收拾了桌子，端上了莫娜做的巧克力蛋糕，但他们没有唱生日快乐歌，因为埃莉诺认为只有小孩子过生日才能唱。人们在餐厅唱起时，她就会说太傻了。蛋糕还不错，但有些干，有一点烤过头了。

收拾完餐桌，杰克回到了顶楼的男人堡垒，埃莉诺留在厨房打扫卫生。艾丽斯跟着莫娜去了她的卧室，这个房间曾经是她的。她坐在莫娜的单人床上——十二年前，她就是躺在这张床上等待死亡的。但艾丽斯房间的其他部分或多或少都消失了——厚重的窗帘换成了百叶窗，浅绿色的墙刷成了白色，新锐舞（New Rave）乐队的海报也被收掉。莫娜贴的海报上不是乐队，而是木星、土星、银河和一篮黄色的拉布拉多小狗。

"我能跟你说件事吗？"

"当然。"

"我来月经了。"她捂着脸笑了。

"我的天！什么时候的事？"

"两周前。"

"恭喜!"艾丽斯凑过去抱了抱她,莫娜也回抱了她。

"感觉好像也不是什么了不起的事。"

"这可是件大事!"

莫娜摇了摇头。"我有点希望它永远不来,这样我就能保持原样了。"

"永远十三岁吗?真的吗?"

"不,我更希望是……八岁。我喜欢八岁。一切都更轻松。我记得八岁的生日派对上,我一边玩抢凳子游戏,一边想,我一直是个小孩,永远是个小孩。"

"我当时在场吗?"

"好像不在……妈妈有点疯,不是吗?"

"你现在才发现吗?"

莫娜笑了。"你来月经的时候,她对你怪吗?"

"她还好,就是非常尴尬。"

"没错。她是怎么回事呢?我所有朋友的妈妈对她们都很好。"

艾丽斯听到这个词——我所有朋友时,感到很开心。莫娜在笑,好像她自己对此也很高兴。她的情况不一样了。也许艾丽斯不用担心了。

离开之前,艾丽斯去了地下室,她母亲正在那里熨杰克的衬衫。埃莉诺已经很多年没有出去工作了，但她总是很忙，很少坐下来读书或者看电视。艾丽斯想说点什么。

她用食指的指甲掐掐大拇指，用疼痛来分散注意力，说："我知道这很傻，但我前几天好像看见罗伯特了。在地铁上。"

"哪个罗伯特？"她母亲一边说，一边把白衬衫挂在衣架上。

"罗伯特·科恩。"

"你父亲？"埃莉诺睁大了眼睛，从熨衣板旁后退了一步。她颤抖地举起一只手，把短发向后捋了捋。她的眼睛突然覆上一层泪水——只有一点点。"那不可能。"

"是的，我知道。那是个正统的犹太人，只是长得有点像他。其实，是非常像他。"她停顿了一下，"为什么我们从来都不提他呢？"

埃莉诺深吸了一口气。她的目光深邃而专注。她从塑料筐里拿起另外一件衬衫，抖开，铺在熨衣板上。她的表情很沮丧，甚至有些生气，但生的是谁的气呢？艾丽斯、罗伯特，还是这个世界？艾丽斯想问，却问不出口。

"好吧。"艾丽斯说，"算了。我回家了。"

她向前迈了一步，把手放在母亲的胳膊上。埃莉诺轻轻地缩了缩，但还是勉强挤出一丝微笑。艾丽斯本想拥抱她的，但她的勇气已经消失。

"你一直都很像他。"埃莉诺说。她抬头看了艾丽斯一眼。"我能在你的脸上看见他。"她的双手颤抖着,但她继续熨着衣服,她把衬衫翻过来,熨得整整齐齐,再挂到衣架上。她停顿了一会儿。"你知道吗,我发现所有的药都不见了。"

咚,艾丽斯的心发出一声闷响。"什么药?"

她母亲没有再从篮子里拿出衬衫,但她的眼睛始终盯着熨衣板。

"你不舒服的时候,十几岁的时候。我发现了。我看到垃圾桶里的包装了。"

"而你什么都没说?"

她母亲抬起头,满脸泪水,咽了咽口水。"我太害怕了,艾丽斯。我不知道该说什么。我不想让事情变得更糟。我没能帮你爸爸——"

"所以你什么都没做?"她们陷入了沉默,听着锅炉的嗡嗡声。"杰克知道吗?"

埃莉诺摇了摇头,抹去眼泪。"不知道,我没告诉他。我谁也没说。我根本不知道该怎么办。"

艾丽斯朝门的方向退了几步,离她远一点。"你怎么会变成这样?"

"你觉得我是个坏人,不是吗?"她的双眼像两枚燧石,"抛弃家庭的那个人可不是我。"

"天哪，妈妈。我不会把他做的事说成抛弃家庭。"

埃莉诺没有回答。也没有必要等待答案了。她已经走得太远，太想要逃避生活了。还没等她开口说话，艾丽斯就走上楼梯，离开了房子，她知道她们再也不会提起这场对话。

\*

一周之后，她又来到了池塘，和莫娜一起。暖和的天气并没有持续多久。现在像是真正的秋天了，而且还不是天空湛蓝的醉人金秋。天空是阴沉沉的白色——典型的英格兰天空。树木是红色和棕色的。不过，这也有它的美。水又暗又冷，没有一丝微光。为什么她们不在暖和点，甚至是热浪侵袭的时候来呢？不过，能在一起还是很好的，在水里划来划去，不怎么说话也很好。要一刻不停地动，不然会很冷。

这次她们有备而来，带了毛巾、泳衣，甚至是防晒霜——艾丽斯满怀期待。她们擦干身体，躺在草坪上，挤在一起，把一条毛巾垫在下面，另一条盖在身上。莫娜的身体紧贴着艾丽斯，瑟瑟发抖。艾丽斯磨蹭着妹妹冰凉的手臂。随后——奇迹出现了：白色的云层散去，露出了太阳，她们暂时暖和起来，丢开了身上的毛巾。她们静静地沐浴着阳光，假装在度假，假装身上没有起鸡皮疙瘩。

自从和母亲谈话以来，艾丽斯度过了痛苦的一周。每天喝酒，长时间上网，汗流浃背地做 pre，在公司的厕所里哭泣、呕吐，给全科医生打电话再挂断，在烂醉中做爱，第二天早上忘得一干二净。池塘冲走了这一切。

莫娜靠在艾丽斯肩上。艾丽斯轻轻拍着她满是卷发的脑袋，仿佛她是一个香甜的小婴儿。但不是——她已经十三岁了。不再香甜了。几乎是个女人了。她的身体可以孕育孩子了。不过，她们还是可以假装一下。

一小时后，她们醒了过来，莫娜的皮肤有些晒伤了。早知道就涂防晒霜了。

"你还想下水吗？"艾丽斯问。

"不啦。"莫娜一边揉着眼睛，一边说，把细瘦的胳膊伸过头顶。"太困了。"

她们在毛巾下换回内衣，再穿好衣服，走回父母家，艾丽斯在那里和妹妹告别，幸福地散步去福音橡站，乘轻轨回家，不知道她们再也不会在一起游泳了，不知道她们应该再跳进池塘一次——哪怕只有一分钟，哪怕她们其实并不想。

## 11
## 实　验

基兰要和男友去巴黎，于是艾丽斯决定做个实验——独自一人度过一周。她也在那一周请了假，但没有告诉基兰。她们的亲密也有限度。她们有不同的骨骼、大脑、消化系统和皮肤，正是这些东西将她们区分开。基兰知道艾丽斯的悲伤——这些年以来她也发现了，虽然她们从没谈起过——但不知道悲伤的程度。她也有自己的秘密。

实验有六条规则：

**1. 如果有人联系你，告诉他们你不在。**

**2. 依照直觉行事。**

**3. 享受独处，享受宁静。**

**4. 做你平时不会做的事。**

**5. 活在当下。**

**6. 不要着急。**

这是一场没有目的地的度假，从熟悉的事物中短暂脱逃。和陌生人交流也不错。艾丽斯想练习消失，想知道抛下所有人是什么感觉。

"我要去康沃尔的亲戚家待一段时间。"她对同事说。

"我都不知道你在那儿还有亲戚。"埃迪说，他从未见过艾丽斯的家人，以后也不会见了。

"是啊，我姑婆。"

"在哪里？"

他的问题太多了。生物学的把戏已经失效了。

"圣艾夫斯。"她说，因为这是她知道的为数不多的康沃尔城镇之一。她从来没去过。

周六晚上，午夜的实验开始之前，艾丽斯和埃迪见了面。他们去了苏荷区的一家餐厅，美味的食物装在小小的盘子上，很难判断有没有吃饱。没关系。他们聊的主要是工作。就像退伍老兵，只能聊战争，只不过他们最近的战役是一场三小时的头脑风暴，为一只名叫赫克托的黑色拉布拉多确定说话的语气。赫克托是动物慈善活动的主角，头脑风暴最糟的一刻是艾莉森尖叫着说："看在上帝分上，赫克托绝不会那样说话！"

埃迪主动付了账——这很贴心，因为他比她赚得少——但艾丽斯坚持要AA。

"去你那儿还是去我那儿？"他付完账后问。

"哦，抱歉，"艾丽斯说，"我明天一大早要赶火车。我们还是各回各家吧。"

"我可以等你走了自己出去。"

"可我还没收拾行李呢——我本来打算明天一早再收拾的。我早上大概……六点就要起床。"

突然间，他的表情变得有些脆弱，眼睛低垂，嘴角抿得紧紧的。几个月前还那么可爱的雀斑，现在显得他幼稚而虚弱。

"出什么事了？"他问。

"什么意思？"

"你一直很奇怪，都好久了。"

"没什么。我只是累了。"

"我们在一起工作，这样下去不行。"

"确实不行。"

"或许我们应该考虑下一步行动。"

"下一步行动？"艾丽斯笑了，"听着像是艾莉森会说的话。给我们的关系做个头脑风暴吧，把这个项目提升到一个新高度。"

"你太瞧不起人了。"埃迪盯着桌子，"你喜欢过我吗？"

艾丽斯伸手去握他的手,突然有些害怕。"我当然喜欢你!我那么喜欢你,埃迪。"

这句话似乎让他放松下来。"我们俩都开始找工作怎么样?谁先找到谁就辞职。"

"你不介意离开自由公司?"

"不介意。谁更讨厌它——你还是我?"

"肯定是我,"艾丽斯说,"离开的人应该是我。"

埃迪耸了耸肩。"我辞职也无所谓。我又不想一辈子都做这个。"

艾丽斯依然握着他的手,把玩着他的手指。"你有什么想做的事情吗?"

埃迪摇了摇头。"没有。你呢?"

艾丽斯想到了 Nyx,想到了它恒久不变的光线;想到了它和地球、生活、所有人、埃迪之间美妙而遥远的距离。

"我也没有。"

后来,他陪她走到了牛津街的公交站。艾丽斯一再坚持,他不用陪她等车。最后,他走了。她看着他走向地铁站的背影。他一消失在人群中,艾丽斯就离开车站,走回了苏荷区。实验就此开始。午夜刚过。

华都街狭窄的人行道上挤满了寻欢作乐的人群。艾丽斯在其中并不显眼——路人会觉得她是出来玩的,正要去酒吧或夜店。但她和其他人不同,她脑海中并没有目的地。

她在餐厅里只喝了两杯啤酒，现在非常清醒。夜晚的街道灯火通明，热闹非凡。她左转走上了另一条街，然后右转，继续前行。她一辈子都生活在伦敦，但在苏荷区还是会迷路。所有的街道都大同小异。在 Nyx 上找路应该更容易。她再也不会迷路了。

另一条繁忙的街道上，人们在酒吧和夜店门口排着队，摇摇晃晃，互相搀扶着。一间书报亭外，一个有着黑色长发和苍白圆脸的女孩坐在人行道上，双眼圆睁，因为紧张症发作而动弹不得，她的朋友站在旁边守着。几米开外，一个男人对着光亮的黑色前门小便。艾丽斯拐上一条偏僻的街道，除了一个正在抽烟的餐厅工人，街上阴森森的，空无一人——这在周六晚上的伦敦西区十分罕见。她在街道尽头右转，听到头顶传来派对的声音；一首熟悉的流行歌曲断断续续地播放着，人们在音乐中互相交谈。她抬起头，看见一群穿着礼服裙和高跟鞋的女人站在阳台上，抽着烟，在冷风中瑟瑟发抖。

"你好吗？"其中一个问。

"挺好。"艾丽斯说。

她继续走路，她们向她挥手告别。她从来不认识住在市中心的人。苏荷区是千万富翁的天下。而在 Nyx 上，没有钱，没有阶级差异，人人都一样。她发现自己绕了一圈，又走回了华都街。她左转，回到了牛津街，路过一个五十多岁的流浪汉，带着两只可爱的杰克罗素梗，它们雪白的皮毛在夜色中散发着微光。艾丽斯向他的纸杯里投了个两镑的硬币。

"愿上帝保佑你。"他说着，亲了亲其中一条狗。

这时，艾丽斯余光瞥见了一闪而过的红色——她的夜班公交正在经过。她本来想跑过去，但立刻想起了第六条规则：**不要着急**。没关系，下一班会来的。她已经走了一个小时，有点累了。

那一晚，艾丽斯在床上辗转反侧好几个小时，思考着这个实验是不是证明她疯了。她试着说服自己：人们会做各种各样奇怪的事情——他们互相残杀、发动战争、养蛇当宠物。相比之下，这根本不值一提。有些人甚至抛弃了自己的孩子，就像罗伯特·混蛋·科恩。她想起他时，不再把他当作父亲，因为大部分关于父亲的记忆早已消失在脑中一个模糊而隐秘的部分。只留下了几个细小朦胧的场景：罗伯特·科恩为她掖好被角，给她读故事，他的胡楂刮在脸上的触感——又痛又快乐。仅此而已。烟霾抹去了其余的一切。

我早就这样了吗，她想，五岁时我就这么糟糕了吗？

你怎么知道我是个糟糕的人？有什么迹象吗？

艾丽斯一直醒着，躺在床上，直到她看见阳光从百叶窗的缝隙里漏进来，明亮而洁白。

中午时分，窗外的树在风中沙沙作响，吵醒了艾丽斯。你总是可以通过观察树来判断季节。春天最好，树上开满了浅粉色的花朵。冬天最糟，树成了一副光秃秃的萧瑟骨架。现在，她的树开始落下闪亮的金棕色叶片。艾丽斯一直留意着这些变化，但直到那一刻，她才真正觉察到它们在她心中激起的情感：希望、失落、钦慕。现在我一个人了，终于可以好好体会了，她想。但随后她又躺回了床上，从充电器上取下手机，继续浪费了两小时在互联网垃圾上。

她一整天都郁郁寡欢，在看手机、看电脑和心不在焉地看电视中来回切换。直到下午四点才去洗澡，一边洗，一边想着此时已经跑完十英里的人、和朋友吃完早午餐的人、做完配料丰盛的周日烤菜的人，感到十分羞愧。那些好人儿，现在已经开始放松休息了，而艾丽斯几乎才刚刚睡醒。他们会把成果照片上传到 Ins 上——快乐又迷人的亲朋好友，度过了美好的时光——再加上 tag：#周日气氛 #家人 #最好的朋友。

她一整天都没有出门。厨房里没剩下多少食物，但她还是东拼西凑地对付了一餐。午餐吃了煎蛋和变味的吐司。配了几片撒上盐的黄瓜。加一勺花生酱。晚餐她做了蛋炒饭。虽然没有吃饱，但没有关系。这是去 Nyx 前很好的训练。条款及细则上说：

> 虽然我们的目标是为全体参演者提供美味营养的三餐，但与地球上习惯的食物相比，餐食会有所限制。我们不提供任何动物制品。所有餐食都是严格素食的有机食品，大部分食材来自我们的社区农场。

好吧，至少她会变得更小，更有价值。就像佛陀一样。一个纯素主义者！她在地球上永远都不可能变成一个纯素主义者。

她关上灯。

明天得去买吃的了。

一天晚上，她睡不着，决定步行去伦敦市中心。她从没这么干过，没有从克拉普顿出发过。她用手机查了一下——牛津圆环离她只有五英里多一点。可行。**依照直觉行事。**她穿上厚袜子，一双旧运动鞋，在睡衣外面套了一件有内衬的夹克。

街道上漆黑一片，空无一人，但传来阵阵欢快的鸟鸣。艾丽斯朝着下克拉普顿路走去，那里已经有人在了：开着车经过，在公交车上平静地坐着，赶去凌晨开工的工作。街上有两个人从她身边走过，一个工人，穿着连体工作服和笨重的靴子，还有一个疯女人，嘴里念念有词。第四条：**做你平时不会做的事。**

"你好。"艾丽斯对这个女人说。

女人停下脚步，睁大双眼，惊讶于竟然有人主动和她说话。她穿着很多层衣服，颜色和材质各不相同，百分之六十是布料，百分之四十是人类。

"它来了，它来了。"女人直直地盯着艾丽斯的眼睛说，尽管她的目光在别处，在月亮之外。

"什么要来了？"艾丽斯问。

"你知道，你知道的。终结。"

"世界的终结？"

"不是，姐们儿。别傻了，夜晚的终结。"

"确实。祝你今天愉快。"

"你也是，亲爱的！"

艾丽斯沿着一条住宅区道路继续前行，一只狐狸悠然地从她面前穿过，她走过了哈克尼唐斯。她从达尔斯顿中间穿过，店铺全部大门紧闭，但有些还亮着霓虹灯招牌。汽车的声音陪伴着她。通常，只要她独自行走，都会听音乐或播客，但现在，她耳中只有世界的声音。每只鸟都以自己独特的韵律歌唱。它们选择居住在这里，住在城市里，而不是美丽的绿色田野里，真是令人惊叹。它们已经习惯了，就像艾丽斯一样。

她穿过哈克尼的行政区，来到伊斯灵顿，走上鲍尔斯庞德路（Balls Pond Road）和埃塞克斯路，这里的街道更干净，金钱的气息也更明显。哈克尼也散发着金钱的气味，但它还没有被完全净化——也快了。地铁天使站的入口出人意料地繁忙。银行家穿着剪裁考究的西装，赶往金融城。早起的人赚得最多，早起的人也赚得最少：银行家、建筑工人、糕饼师、清洁工，没有位于中间的人，除了艾丽斯。

克勒肯韦尔一片死寂。建筑师事务所和设计师店铺都关着门。街区居民的品位好得令人发指，这时他们才刚刚醒来。其中一人跑了过去——一个金发女人，一身黑色的运动装备。她不染纤尘，手里递过来的东西你会毫不犹豫地吃下去。想象一下，你要是这么圣洁，也会在日出前出门跑步。艾丽斯就有这么做的同事。就算他们为人刻薄，或者周末嗑药，也天生高人一等。

走到霍尔本时，街上的行人多了一些，但还是没有一个小时后那么多，那时生活才真正开始。她的脚趾间开始发热，腋下变得潮湿，但她并不累，只是口渴。在托登罕宫路附近，她买了一瓶水，大口喝下，继续前行，她走过了牛津圆环，走进了梅费尔区，这是全城最富裕的地区之一。到底是谁住在这里？那些人视金钱如自来水——充足而廉价。那些人不喝自来水。

她走到格罗夫纳广场时，天空是暗淡朦胧的蓝色。广场上一片寂静。没有鸟鸣——就连那些傻乎乎、病恹恹的鸽子也不出声了。艾丽斯站在原美国大使馆的入口处，这座建筑现已关闭，有保安在巡逻。

就在这时，她听到了渐渐靠近的马蹄声，多得数不清。马群从对面进入了广场，背后有人驱赶。它们光滑的身体在清晨的阳光下闪着银色的光泽。这些马的颜色和体形一模一样，除了把它们系在一起的笼头，几乎赤身裸体。它们小步疾行，两两并排，整齐划一。共有二三十匹，每一匹都是复制品，和上一匹一样俊美。艾丽斯环顾四周，不见保安的身影。没有其他人目睹这一切，除非窗户后面有人在偷看。她有好多疑问，但她想起了第五条：**活在当下**。马群穿过街道不见了。

艾丽斯买了一杯咖啡，坐上回家的公交车，到家后她睡了几个小时。睡醒后，她一天中余下的时间都在网上逛衣服。时间过得如此之快，难以置信。她买了三件，但她知道自己全都会退掉。后来，哪怕是躺在床上，闭上眼睛，她还是能看见一页页滑动的裙子。她希望自己拍下了马群的视频。不是为了发到社交平台上，而是因为她害怕它们只是自己的想象。

周五晚上，十点刚过，她走路去中哈克尼。她很紧张，生怕撞见熟人。这就是伦敦的问题——到处都是熟面孔。那边那个在酒吧外面抽烟的男人,穿着和埃迪一样的牛仔外套,留着一样的波浪金发。但他转过头来,不是他。公交车站那个女孩——是她以前的朋友贝丝吗?那邪恶的蓝眼睛和她一模一样。不,不是她。但外面并不安全。会有人看见艾丽斯,知道去康沃尔是个谎言。她开始往家走。

梅尔街和窄路交会的街角,艾丽斯看到了一个身影,披着好几层衣服。又是一个疯女人。她戴着一条粉色头巾,直直地盯着街道。艾丽斯从她身旁走过,回头看了一眼。女人一动不动。艾丽斯怀疑她是不是一座雕塑——某种艺术作品。

就在这时,女人终于动了动,指着艾丽斯说:"你。"

一辆双层巴士驶过。艾丽斯抬头望了一眼,顶层有一个男人,穿着黑衣服,留着长胡子。她回头看着那个女人。

"是的,"她说,"是我。"

艾丽斯上了床,终于安然入睡,直到早晨六点半被手机闹钟叫醒。她在睡衣外面披上外套,向沃尔瑟姆斯托湿地走去。街道上人烟稀少,但周五晚上的活力还没有散去,大概吧,对一些人而言。她经过一座公寓楼,里面正在开派对。两三个人在跟唱史蒂夫·旺德的《一生一次》("For Once in My Life")——声音疲惫而孤独。走进湿地时,她努力让自己不要害怕。长长的草叶挠着她的脚踝。她不需要手电筒，因为城市散发着永恒的蓝绿色光芒。在她头顶上方，有一片黑压压的翅膀，鸟儿正唱着杂乱的交响乐。如果此时有人杀了她，没人能听到她的尖叫——声音会被鸟群淹没。在一片即将凋谢的野花中间，她躺了下来，四肢摊开，看着渐渐亮起的天空。如果她去了 Nyx，就再也见不到鸟儿了。至少不是这群鸟，这片天空，这颗太阳。她闭上眼睛，阳光温暖着她的脸。

"你在这儿做什么呢？"有个人问，"还好吗？"

她抬起头。一个老妇人正忧心忡忡地看着她。一只边境梗在她身后耐心地等着，伸着粉红的舌头。

"我没事。"艾丽斯说。

"要给你叫救护车吗？你是不是嗑药了？"

"没有，我只是在听鸟叫。"

"啊？"女人惊讶地转过头去。她的狗也同情地叫了几声。

"真的，我没事。"

女人继续往前走。艾丽斯重新躺下，闭上眼睛。直到中午她才醒来，浑身颤抖，满身露水，脸上湿漉漉的，味道还很刺鼻。她睁开眼睛，笑了——一只黑白相间的柯利牧羊犬正在舔她的脸。它的主人，这次是一个男人，正用怜悯和恐惧的目光望着她。

153

"哦，感谢上帝！"他说，"你还活着。"

"是啊。"艾丽斯说，她眨眨眼，笑着摸摸小狗，"抱歉吓到你了。我只是在和自然交流。"

毫无疑问，此时是正午。艳阳高照，天空湛蓝——仿佛置身于异国他乡的晴朗天气，空气中却弥漫着英格兰式的苦涩。

"好吧。"男人说，"我只是确认一下。"

第二天，基兰回来了，看起来很沮丧，因为她男友在旅途结束时承认，他还没准备好离开他的妻子。艾丽斯告诉基兰，她这周的工作还可以。

# 12
## 面试-3

最后一轮面试和之前的不一样。艾丽斯一走进黑色房间就意识到了这一点，前女友伊迪·多尔顿正坐在桌前，对面摆着一把空椅子，脸上是一个小小的、充满希望的笑。

"这他妈——"想起有人在录像，艾丽斯还之以微笑，"伊迪，你怎么会在这儿？"

"没想到吧。"伊迪温和地说，扬了扬眉毛。

艾丽斯已经十年没见过她了。伊迪还是短发，但不再是金色的——成了深褐色。她苍白的两颊有一种新的、不快乐的柔软。她站起来时，似乎比以前更矮了，虽然这不可能——她不会缩水的，还没到时候。她们拥抱了一下。艾丽斯能感受到伊迪格子衬衫背后的汗水。她的心跳变得狂野而凶猛，像是某种无法驯服的东西。她浅浅地呼吸着，想要专注于当下。换成那位导师，他会怎么做呢？

"这是什么？"她问，"到底怎么回事？"

"欢迎回来，艾丽斯。"塔拉说，"恭喜你进入了'生活在 Nyx'招募计划的最后阶段。请坐。"

艾丽斯在伊迪对面坐下。天花板上的灯光似乎更亮，也更集中了，就像聚光灯一样。其他地方一片漆黑。感觉就像警匪片中的审讯场景。

"在招募流程的最后阶段，"塔拉说，"我们会邀请申请人过去的熟人参与面试。"

"伊迪要来面试我吗？"

"其实更像一场谈话。我会在最后回来。伊迪会带你完成余下的流程。"

房间重回寂静。没有任何迹象表明塔拉已经离去，没有咔嗒，但她的离场似乎改变了空气的质地。艾丽斯和伊迪独处一室。分手以来，她还没有和伊迪独处过——也没见过她或者和她说过话；虽然她们从未真正分手，艾丽斯只是不再回她的电话。她们双胞胎一样的亲密开始令人生厌。她不知道这种回响会贯穿她一生。

她们彼此对视，瑟缩了一下。太难熬了——坐在那里，在同一个房间里。

"你为什么答应过来？"艾丽斯问。

"我也不知道。"伊迪耸耸肩。"我很好奇。"她挠了挠后颈，笑了。

"你看起来不一样了。"

"都过了这么久了。"

"我听说过关于你的传言。"

伊迪笑了。"你不能听到什么就信什么。不过,其中一些可能是真的。"

"你现在在做什么?"

"园艺师。"

艾丽斯惊讶地向后靠。"哇,听起来真好。"

"确实很好。我非常喜欢。"显然她是发自内心的喜欢。

伊迪的声音有些认不出来了。十年前,她说着艾丽斯听过的最高级的口音。现在光泽已经磨损,取而代之的是粗糙的语调,显得装腔作势,是一个扮演着她的角色的富家女。艾丽斯的胃一阵抽痛。她内心深处永远的伊迪,多尔顿,爱与希望的灯塔,像被炸毁的建筑一样坍塌了。

"那我们要聊什么呢?"艾丽斯问。

"你想聊什么都可以。"

"他们是怎么跟你说的?"

"他们说你想去另一颗星球生活。这有点疯,不是吗,艾丽斯?"

"你是来劝我别去的吗?"

"是的,算是吧。"

"他们为什么请你来?为什么不请我朋友?"

"你为什么不跟我说话了？"

"哦，天哪。"艾丽斯用双手捂住脸。"我那时候才十八岁，不知道还能怎么办。我确实爱过你，伊迪。我解释不了。"

伊迪低下头。她的双手摊开放在桌上。她的手指依然修长精致，就像钢琴家的手指，但上面点缀着小小的文身——圆点、三角和其他几何形状。她的指甲里有泥土。

"他们没有向我透露很多信息。只说我是最有可能说服你留下的人了。"她抬起头。她的眼睛和艾丽斯记忆中不一样了——深棕色，而不是绿褐色。"真的吗，你爱过我吗？"

可能现在不爱了。这个版本的伊迪双颊丰润，模仿着东区口音——她不是艾丽斯爱过的那个女孩。那个勇敢的、男孩子气的、敏锐的女孩——也许去了其他地方。也许都是她的表演。

"是，是真的，我爱过。"

伊迪深吸一口气，双手仍然放在桌上。"那你为什么要去这个星球？地球不好吗？"

他们在看，艾丽斯记得这一点。"我觉得这是一种了不起的度过余生的方式——你懂的，而不是整天盯着屏幕。你见过那里的照片吗？"

"扫了两眼。我不怎么上网。"

"那里很美。还有很棒的室内农场。"

"我们这里也有农场。"她微微一笑,"你永远也见不到地球了。"

"这里,地球,真是个好地方啊。"

"这不是开玩笑。你的朋友和家人怎么办——你要把他们都抛下吗?"

"人们一直都在这么做,哪怕是在地球上,而且他们都能克服的。"

伊迪张嘴想说什么,但随后又改变了主意。她转而问道:"你的家人怎么样了?"

"他们很好。莫娜已经十三岁了。"

"十三岁了,哇。"

"是啊,她上的跟我同一所学校。她是个不折不扣的书呆子。"

"那你母亲呢?"

"她怎么了?"艾丽斯问,被这个问题惹恼了。

"你有没有找到机会告诉她——"

"告诉她什么?"艾丽斯的声音还保持着冷静,但她胸中已经腾起了怒火,滚烫而闪亮。她指的那件事是什么显而易见。她是唯一一个知情的人。伊迪想要揭穿她,阻挠她的申请。

"没什么,"伊迪摇了摇头,"不好意思,我记错了。"

拳头握了又松，艾丽斯靠回椅背上。她的身子老爱向前倾——显得过于急切。伊迪饶有兴趣地望着墙壁，艾丽斯顺着她的目光看去，但那里什么也没有。和你经常梦见、朝思暮想的人怎么会没有话聊呢？但伊迪并不是艾丽斯梦中的人。她们只是长了一张相似的脸。

"还有问题吗？"艾丽斯问。

伊迪抿起嘴，有点自得。"你对我失望了。"

"这不是一个问题。"

"你对我失望了吗？"

"我……"艾丽斯把目光从伊迪身上移开，看向桌子。"我想，我们从小到大一直都相信爱就是答案，能让人免于自我伤害。"

"而我不是那个答案。"

"我也不是那个答案。别见怪。"

"不会。我当然不会是任何人问题的答案。"

"不过，我能说句实话吗？"

"可以。"

"我对你的感觉简直像是得了疯病，"艾丽斯说，"字面意义上的病。和你在一起的时候，还有分手以后，我都太瘦了，因为你让我病得吃不下饭。我在渐渐消失，但我得到了那么多赞美。其实，我记得你喜欢这样。"

"嗯……我不记得了。"

"你告诉我我的身体很完美,但我当时非常不健康。就好像你满足了我的饥饿。我觉得我可以靠着你活着。从那时起,我一直在追寻这种感觉。"

"是啊。"

"但只是生物学现象,不是吗?我们大脑中的爆炸。每经历一段关系,就越来越弱,直到有一天,我可能会遇到一个男人——"

"男人?"

"我并不是真的拉拉,你也知道——我会想,哦,他诚实又善良,会是一个好爸爸,可在我内心深处,总是觉得和你在一起的时候才是最真实的。但现在——"

"既然你见到我了,幻想就消失了。"

"这样说好残忍。"

"你想过我对你也有同样的感觉吗?"

艾丽斯没有回答。

"嗯,我也有同感。感觉是相互的。既然我们在,呃,开诚布公,我就直说了。我经常会想起你,但我今天来这里——"

"怎么?"

"这整件事,去太空的事——是个错误,艾丽斯。它比我做过的任何事都要糟糕。确实,我搞砸了我的生活,但我现在在这里,我父母已经原谅了我,至少是部分原谅吧，而且我还有好朋友。而你似乎……完全不一样。"

"我那时还是个孩子。"

"现在你厌倦了，想永远离开这个星球。"

"我没有厌倦。我只是想做点特别的事。"

"没有人是特别的。没有人。"伊迪迎着她的目光。她一动不动，几乎不眨眼。似乎想用眼睛来传达某种信息。

艾丽斯感到胃里一阵小小的、恶心的颤抖，那是爱的微弱回响。伊迪笑了。

"一会儿你想去喝一杯吗？"艾丽斯问。

伊迪终于移开了目光，抬头看了看天花板，看了看墙壁，又看向艾丽斯。"哦，呃，我去不了。我戒酒了。"

"我们可以喝杯咖啡。"

"我觉得这主意不太好。"

就在这时，塔拉的声音回到了房间。"伊迪丝，感谢你帮我们完成了招募流程。你可以离开了。"

伊迪站起来。艾丽斯也站起来，以为是要拥抱一下。

"还是不要了。"伊迪举起双手说。

"但为什么呢？"艾丽斯依然站着。

"因为所以。别难过，好吗？保重，艾丽斯。"

伊迪向门口迈了一步，用右手向艾丽斯挥了挥。艾丽斯还记得她们是怎样在电话里互道十次再见，其中一人才舍得挂断电话。

"拜拜。"艾丽斯说。

但伊迪什么也没说。她点了点头,打开门,走了出去。

"谢谢你参加'生活在 Nyx'招募计划,"塔拉说,"希望你觉得这是一次愉快而有趣的经历。我们会尽快联系你告知结果。祝你今天愉快!"这次她的语气更像个机器人。不像前两轮面试,几乎像真人一样。

艾丽斯与伊迪的交谈并没能展现她最好的一面——太多过去的包袱了。她很确定自己要被淘汰了。哦,算了。她离开房间,迅速走到一楼,想着或许能追上伊迪,但大楼空无一人。外面,街道上熙熙攘攘。没有她的踪影。

艾丽斯站在地铁车厢里,挤在陌生人的身体之间,她想起了永远的伊迪·多尔顿,她最喜欢的那一版伊迪。还有永远的艾丽斯·科恩。在另一颗星球,另一个宇宙,我们还是孩子,季节还是夏天,万古不变。那就是她想去的星球。

## 13

## 告别派

一月的一个周日下午,埃迪带着一束用牛皮纸包好的郁金香来到艾丽斯的公寓。他是骑车来的,雪片刮疼了他的脸。伦敦很少下雪,艾丽斯觉得这是一个好兆头。这是她在地球上的最后一个冬天。

"操,太冷了。"他进了门,搓着脸颊说。"我的脸都冻僵了。这是给你的,宝贝。"他微笑着把花递给她。

那时,埃迪已经离开了自由,去了另一家公司工作。最近几周,他们在有一搭没一搭地商量搬到一起住的事。但已经不可能了——自从周四晚上,艾丽斯接到一个洛杉矶打来的电话之后,就再也不可能了。他们给了她两周时间考虑。从那以后,她就感到狂喜一般的轻盈和自由,退伍一般的快乐。

"你太贴心了。"她说着接过花,不等他吻她就转过身,走到厨房把花插进花瓶里。

郁金香——她现在还记得它们的样子。花瓣光滑粉嫩，颜色比 Nyx 的沙子深一些。

埃迪对她的公寓非常熟悉，就像自己家一样。他知道应该把自行车停在走廊的哪个角落，不会妨碍邻居，知道把头盔和大衣挂在哪里，知道去哪里找咖啡、糖、通心粉、盐和面霜。但这一切很快就要结束了。很快，他就会忘掉这些，在其他女人的公寓里重新学一遍。

像他们的许多朋友一样，他最近也开始戴眼镜；由于长年盯着屏幕，他们的视力缓慢地下降了。眼镜很适合他。他看起来更像一个性感的年轻学者，而不是营销人员。艾丽斯在他来之前洗了澡，但身上已经又覆了一层油腻的汗。也许见到她状态如此糟糕，他更容易放手。

"你没事吧？"他温柔地问。

"没事。"艾丽斯剪掉郁金香的花茎末端，把花插进盛有自来水的玻璃花瓶里。

"你看起来好像不太好。"

她笑了。"我没事。"也许笑容太夸张，显得有点精神失常。"你要来点咖啡和派吗？"

"什么馅儿的？"

"碧根果。"

"好的，没问题。"

如果她有客厅,她就会请他等在那里,而她去煮咖啡,切派,最后一次小声带妆彩排她接下来疯狂的坦白,但她并没有客厅,所以她打开收音机来掩盖沉默。埃迪在桌边坐下。西非音乐,优美而凄婉,回荡在厨房里。洁白的雪光透过窗户照进屋子。暖气的温度开得太高了。艾丽斯在桌上摆好两只咖啡杯、一把咖啡壶、一瓶牛奶和两块派,然后坐了下来。

"这是你做的吗?"埃迪问。

"对,早上做的。"

"给苦药裹上糖衣?"

"你在说什么啊?"艾丽斯笑了,但他没有笑。

"你从来不烤东西的。出什么事了?"

艾丽斯倒了咖啡,然后是牛奶,把两杯都搅了搅。"好吧,我确实有事要告诉你。这事有点疯。"

"不会是怀孕了吧?"

"比这个还奇怪。"

"你要变成男人了?"

"埃迪——"

"抱歉。"

"你知道'生活在 Nyx'吗?"

"知道。"他慢慢地说。他的嘴张着,但还保持着微笑的表情,仿佛这不可能——她将要说的事情不可能发生。

"我要走了,埃迪。我要去 Nyx 上生活了。"

他没有说话。他看着她的眼睛,似乎在寻找什么,等着她的面具掉落,等着她笑出来,好像这是个玩笑。艾丽斯的手开始颤抖。她把它们夹在大腿之间。

"我六月就要离开伦敦了。"她看着桌子,"我要先去加州训练,但那之后也不会回来。九月去 Nyx。但你不能告诉任何人。他们只允许我告诉最亲近的人。"

她抬头看了一眼。埃迪依然没有说话。他僵住了,甚至没有看她,但笑容已经消失。

"你在开玩笑吧?你在开玩笑,对吗?"

"没有。"

"我不相信。"他摇了摇头。

艾丽斯从未见过他这么严肃和困惑。这不对劲。对埃迪来说一切都很轻松,一切都合情合理,总有解决办法——不是吗?

"你是我告诉的第一个人。就连我爸妈都不知道。基兰也不知道。"

"她在哪儿?"他轻声问道,盯着面前的派,一口都没吃。他的眼睛泛着泪光,眼圈也红了,仿佛快要哭出来。

"她回爸妈家了。"

"所以这是你的告别派。"

"不是!"

"好吧。"他站起来,走出厨房,没有看她一眼。

"埃迪。"

他匆忙取下外套和头盔,但没顾上穿,只想尽快离开。艾丽斯站在厨房门口看着他。

"埃迪,别这样。"

"怎样?"他说,将视线从她身上移开。

"我以为你会——"

他转过身。"怎么?你以为我会求你留下来?"他的声音生硬而愤怒,所有的柔情都不见了。

"我还有两周时间来决定。"

"但你不是已经做了决定吗?"

艾丽斯没有回答。

"你到底想要我怎么样?"他喊道。

艾丽斯往后缩了一下。"不要吼我。"

"去那个该死的卫星上生活吧,想去就去啊。"

"那是行星。"

埃迪把东西扔在地上,回到厨房,抓住艾丽斯的手腕。

"啊,好痛!"她尖叫起来,尽管是在夸张——其实并不痛。她极力想挣脱,又希望他不要放手。眼泪从她脸上流下来。"不要打我!"

"我的天哪,我不会打你的。"他说着,把手从她的手腕移到肩膀,"到底是怎么回事?"

眼泪从艾丽斯的脸上流到了 T 恤上，浸透布料，碰到了她的皮肤。鼻涕也流出来了，但她没法擦掉，因为埃迪站得太近了。她哭得上气不接下气，无法控制自己，发出了动物般的声音。这是她多年来第一次在别人面前哭。

"告诉我，艾丽斯。你告诉我。"

"我，我，我说不出来。"

"深呼吸。我哪儿也不去。告诉我出了什么事。"

"我做不到，埃迪。我做不到。"

"做不到什么？"

"我不能，我不能，我不能告诉你。"

他放开了她。艾丽斯用手抹了抹脸，擦在她的牛仔裤上。埃迪的温柔似乎已经消失了。他像一个恼火的家长一样叹了口气。

"你到底为什么要这么做？"他移开了目光。

"因为我想。这是我的生活。"她能感觉到脸上的泪水凝结成了盐。

"你真的有在乎过任何人吗？"

"这算什么问题？"

"那你在乎过吗？"

她的胸腔中燃起了怒火，对所有人和所有事的怒火：埃迪、她母亲、她父亲、她自己、地球，这颗糟糕的星球。

"你根本不知道我有多在乎。"

"胡说八道。"

"你根本不了解我。"

"说得对。"他差点儿笑出声来,"我真是不了解你。"他的眼睛湿润了,只有一点点。

为什么?艾丽斯想。为什么他会为我哭呢?

埃迪转过身,朝门口走去。艾丽斯跟在他身后,用双臂抱住他的腰。他的肌肉猛地抽搐了一下,排斥她的触摸。

"别碰我。"他举起双手,仿佛她要逮捕他。

她松开了手。他没有回头。

"求你不要走。"她说,"我是个差劲的人,我知道。"

"我不想再说了。"

"请不要告诉任何人。我本该发一个表格给你的——"

"艾丽斯,别说了。"

埃迪拿起东西出了门,下了楼梯,骑着自行车头也不回地离开了公寓楼。艾丽斯走到厨房,喝了那两杯咖啡,吃了那两块派,忽然哭了起来——因为解脱,也因为悲伤。

基兰那天晚上回到家,直接去了艾丽斯的卧室,和她并肩躺在床上。

"你爸妈怎么样?"艾丽斯问。

基兰翻了个白眼,但表情中充满了爱意。"和以前一样疯。"她有一个大家族——遍布全球的叔叔阿姨和堂表亲，组成了一张庞大的网络。基兰永远都不会离开地球。她永远也不会考虑，一秒钟也不会。

"想来点碧根果派吗？我做了点。"

"当然！"她还穿着大衣和皮靴。

艾丽斯去了厨房，回来的时候拿着一块派和两杯博若莱葡萄酒，基兰的最爱。

"这是你做的？"基兰赞叹。

"是啊。"

"这是要助什么兴呢？"她坐了起来，"等等，让我猜一猜。"

"我觉得你猜不到。"

艾丽斯在她旁边坐下，靠在一堆枕头上，喝着她那杯。

"我知道了——你怀孕了！"基兰说。她端详着艾丽斯的脸，抿了一口酒。"不，不，你还在喝酒。你和埃迪订婚了？对，一定是这样。"

艾丽斯面无表情。基兰继续猜。

"你换工作了？"

午夜时分，第二瓶葡萄酒也空了，她们都哭过了，抽了十几支烟——基兰从巴黎带回来又忘得一干二净的细烟——她们依然躺在床上，在昏暗的床头灯下，沉默地望着天花板。

"别走。"基兰说。

"你已经说过了。"

"我要一遍一遍地说,说到你改变主意。"

"我不会改变主意的。"

最后,基兰坐起来。"我明天还要上班。"她长长的黑发遮住了脸,衣服也皱了。她捡起地板上的大衣和包。"我不知道要怎么睡得着。"她说着,向门口走去。

"真的很抱歉。"

"我觉得自己根本不懂你。"

没等艾丽斯回答,基兰就出了房间,摔上了门。

那一夜,艾丽斯躺在床上,感觉不到烟霾的存在,连小到几乎看不见的微粒都没有。她睁开眼睛,坐起来,打量着四周。她的眼睛很快适应了黑暗。她可以看到桌子、堆满衣服的椅子和衣柜,但没有烟霾的踪影。

"你在哪里?"她问。

没有回答。她又躺了回去,闭上眼睛。窗外,一只狐狸发出婴儿般的叫声,但艾丽斯没有听见,她已经沉入了梦乡。

第二天,艾丽斯告诉艾莉森,她被一家公司挖走,负责一项绝密的新工作。

艾莉森似乎很失望,但满脸赞叹。"我真不知道该怎么找人接替你。"她说。

轻而易举,艾丽斯想。

"真的,你是自由公司的宝贵财富。有人会挖走你我一点也不意外。你前途无量。"

"噢,谢谢。"

"不过我能问问吗?"艾莉森直视着她的眼睛,身体前倾,"是谷歌吗?我不会告诉任何人的。"

"你很快就会知道了。"

她笑了。"就是,对不对!我就知道。"

团队会议上,艾丽斯将这个消息告诉了其他人。珍妮和里奇对她怒目而视,好像她是个杀人犯。埃迪已经告诉他们真相了吗?没关系。这些都不重要。

艾丽斯最后才告诉家人。她考虑了各种方案。餐厅太公开,她的公寓又太幽闭,发邮件则太高开低走了——她想看看他们的反应。她给母亲打电话,说自己有话要说,要回家一趟。

"不能在电话里说吗?"埃莉诺问。

"我想当面说。"

"你订婚了?和你的同事埃德蒙?"埃莉诺从来没见过埃迪,但她的语气带着笑意——想到婚礼让她很开心。

"是爱德华。等周日我再跟你说。"

"就是这样,没错!"

艾丽斯觉得自己的心像被一只巨手紧紧攥住。她的脑海中闪过一组蒙太奇:订婚派对,和她最好的朋友一起开单身派对,缀满小灯泡的童话婚礼,她母亲穿着最好的蓝色礼服,终于为她感到骄傲,然后是一个婴儿——任务圆满完成。所有这些成就都会被发在网上,每个人都会为此开心。

周日下午,埃莉诺打开家门,看见艾丽斯一个人站在门外,身边没有未婚夫陪伴,扯出一个笑来掩盖失落。她们走到餐厅,她迅速撤下餐桌上已经摆好的第五副餐具。午餐他们吃了外卖寿司,喝了普罗塞克气泡酒——她父母原本准备好要庆祝的。

艾丽斯宣布了自己的计划,莫娜一反常态地第一个开口。她扔下筷子,说:"搞什么鬼?"

杰克·怀特的声音低沉而有力:"你要做什么?"他困惑而厌恶地瞪着艾丽斯,"你他妈疯了吗?"

他的脏话让埃莉诺缩了缩。艾丽斯也是。

"杰克。"埃莉诺说。她像个老师一样摇了摇头,但眼睛一直盯着桌面,忙着摆弄食物——把天妇罗卷从塑料盘夹到自己盘子里,把芥末拌进一碟酱油里。她做这些事情时，苍白的双手在颤抖。最终，她把一块寿司送进嘴里，慢慢地咀嚼，回避着大家的目光。

"你不许去。"杰克说。

"我已经签了协议。"

"我敢肯定现在退出还来得及。"

"我不想退出。"

艾丽斯用手指捏起一块寿司，在酱油里蘸了蘸，塞进嘴里。寿司的口感黏黏的，令人作呕，像一块放了很久的口香糖。她强迫自己咽下去，它滑下食道时，她浑身颤抖。

"你到底为他妈什么要去别的星球？"杰克问。

"会很有意思的。"

"学一门新语言也很有意思。"他的脸青一块白一块。"这简直就是……自杀。你就不能培养个爱好之类的吗？开开他妈的帆船。养条狗！"

"这不是自杀。这是个非常难得的机会。"

她母亲说："唔……"继续摆弄盘子里的食物。

巨手又一次攥住了艾丽斯的心。

"你为什么要这么做？"莫娜的声音颤抖着，"你再也见不到我们了。"与埃莉诺不同，她用恳求的眼神看着艾丽斯。

"我知道这是巨大的代价，但——"

"闭嘴！"莫娜摇摇头。眼泪从脸上落下来。"你疯了。"

巨手攥得更用力了。莫娜站了起来。

"你要去哪里？"艾丽斯问，试图用按摩缓解痛苦。

"莫娜，坐下，等我们吃完。"杰克说。

"不。"莫娜说，"再见，永远别见了。"

"我六月才离开伦敦。"

"随你的便，谁管你啊。"

莫娜离开了房间，一步两个台阶地跑上楼梯，砰地摔上卧室的门。整个过程中，埃莉诺一言不发。艾丽斯想知道她到底在不在乎。她母亲最擅长把困难的事情锁起来，就像把打了镇静剂的野生动物关进笼子。如果杰克此时猝死——这是有可能的，因为他是个肥胖的工作狂——埃莉诺也许只会说一句哦天哪，然后继续吃饭。在艾丽斯的记忆中，母亲曾经很善于表达，但她不确定是不是自己想象出来的。她的父母都消失了：先是罗伯特，然后是埃莉诺。

"妈妈？"艾丽斯说。

"嗯？"埃莉诺飞快地瞥了一眼女儿，又低下了头。

"你怎么想？"

"几个月前我看了一部关于这个的纪录片，"埃莉诺说，她的声音几乎听不见，"这颗……**星球**。看起来像个迷人的地方。"

"我是从五十万个申请者中被选中的。"

"很了不起。"她点点头。

叫我别走,艾丽斯想。求求你,叫我。

有几秒钟,没有人说话。雨滴开始敲打着窗户。

"它看上去很漂亮。"埃莉诺说,"现实中一定非常赏心悦目。你觉得自己在那里会开心吗?"

艾丽斯清了清喉咙,喝了几口水。突然有一种想哭的冲动。

"会的,我觉得会的。"

"我们会想你的,艾丽斯,非常非常想。但如果你觉得自己会开心……"她没有说下去。

"埃莉诺,你是认真的吗?"杰克问。

就在这一瞬间,艾丽斯才意识到,她想要母亲对她发火,对她大吼大叫,就像杰克那样不许她去。她还没有签协议。她一直在等。

她父母没有追问细节,但艾丽斯还是告诉了他们。她讲了黑色房间里的面试,但没有提伊迪——他们一直不知道伊迪的存在。她解释说,她会在加州的训练营里和其他三个人组成一队——两个男人一个女人——还说他们会像一家人一样住在一起。她的父母多数时候默默地听着。

"那爱德华呢?"艾丽斯的独白即将结束,她母亲问。"他也去吗?"

"不。我们分手了。"

"哦,太可惜了。我还很期待见到他呢。"

艾丽斯拒绝了继父的咖啡邀请。到了该走的时候了。像往常一样,她没有拥抱或亲吻父母——只是在他们起身送她时,向他们挥了挥手。那时是下午三点。她在他们家待了两个小时。天空灰蒙蒙的,太阳开始西沉。我离开地球以后,她心想,就再也见不到这种渐渐变暗的天空了。但是没什么关系。一个人要看到多少次日落,才能继续活下去?

她不想回家,于是向荒野走去。那时雪已经化了,寒意也消散了。她没戴手套和帽子。她还记得小时候的冬天,似乎每年都会下大雪,哪怕穿两双袜子,脚趾也会冻得麻木。也许世界末日就快来了,她想。冰会融化,所有人都将死去。一场核战争将要爆发。我做了正确的选择。总有一天,所有人都会明白这一点,他们会希望自己当初也来了 Nyx。

荒野一如既往地熟悉和安慰。从出生时起,艾丽斯就在从不同的角度认识这里了。母亲再婚前,她最熟悉的是荒野的延伸——公园与郊区接壤的那片平坦、原始的部分。延伸部分有种伤感的气息。除了偶尔的遛狗人和跑步者,这里总是冷清幽静。但荒野的主要部分是它的心脏地带,一直热闹非凡。她走上风筝山时听着歌——弗兰克·奥申那首梦幻般的《粉 + 白》。在山顶,她俯瞰着伦敦。她能看到小黄瓜、碎片大厦①，还有其他由钢铁与玻璃组成的摩天大楼，其中大部分在她出生时还不存在。她还能看到圣保罗大教堂苍白的穹顶，在一片摩天大楼和起重机的掩映间显得十分矮小。它曾经是伦敦最高的建筑，但现在很难想象。两个月后，她就二十九岁了，这将是她在地球上过的最后一个生日。未来三十年里，这片景色还会发生新的改变。

附近，几个孩子坐在长椅上，轮流抽着麻。在他们这个年纪，艾丽斯想，我觉得整个伦敦都属于我。

这个国家的每个角落，都有人在欣赏这片自然奇观——星星的出现和消失，每天的出生和死亡。不知为什么，人类发展了数千年后，这种日日发生的事情依然是这颗星球上最美好的东西。Nyx 上没有日落。艾丽斯给它拍了张照片，上传到 Ins 上，等着人点赞。

---

① The Gherkin，一座位于伦敦金融区圣玛丽斧街 30 号的摩天大厦，因其独特的圆锥形而得名。The Shard，又名摘星塔，英国第一高楼。二者均为伦敦著名地标。

## 14
## 说点什么吧，什么都可以

飞去洛杉矶的前一晚，艾丽斯和家人们告别。埃莉诺坚持要去城里一家高档餐厅，以示特别。艾丽斯怀疑这是一种克制情感的方式。在公共场合道别可以确保没人会情绪失控，虽然在晚餐中，艾丽斯似乎看见了母亲眼中闪烁的泪光。埃莉诺好像有话要说。她好几次张开嘴，吸了一口气，又改变了主意，闭上了嘴。说吧，艾丽斯想。说出来吧。艾丽斯更愿意在图夫尼尔公园的家里吃晚饭，看一部老电影，在莫娜房间打地铺，半夜听着她的呼吸。或许他们第二天可以开车送她去机场。但他们并没有提出要送她。艾丽斯要在克拉普顿度过最后一晚，睡在她空荡荡的卧室里。她把大部分衣服和物品送人了。基兰的新室友几天后就到。

吃完晚餐，艾丽斯在街上拥抱了所有家人。她迈出了第一步。杰克意外地温暖，就像一头熊。莫娜将她抱得紧紧的，仿佛使出了全身的力气，手臂把艾丽斯披散的长发都扯痛了。她放手时，莫娜哭了。艾丽斯没哭，因为此情此景太过诡异，感觉很不真实。这时埃莉诺走上前。她拥抱了艾丽斯，但没有说话，也不肯放手。最后艾丽斯不得不后退一步。她这时仍然可以改变主意，但这会多么难堪呢？比她自杀未遂还难堪，因为所有人都会知道。如果她改了主意，该怎么做呢——回到自由公司？回到埃迪身边？回父母家住？她在地球上的时间该怎么度过呢？她毫无头绪。

最后，她母亲说了些什么，她的声音几乎听不见："杰克，求你了。"

杰克走上前，轻轻地握住艾丽斯的肩膀："艾丽斯，我们觉得你应该留下来。"

"你——你什么意思？"

"你没必要这样的。"

艾丽斯望向母亲。她仍旧不发一言，但她的脸在颤抖，仿佛到了崩溃的边缘。说吧，艾丽斯心想。说什么都可以。

"这算怎么回事？"艾丽斯问，"你们干涉我？"

"你可以搬回来和我们住，"杰克说，"我们可以一起想办法。你可以再找一份工作，或者……休息一阵子，想想接下来想做什么。"

"这就是我接下来想做的事。"

"艾丽斯。"埃莉诺开口了,周围的一切似乎都陷入了寂静——喧嚣的人群,鸣笛的汽车。她把手放在艾丽斯手臂上。"艾丽斯。"

莫娜推开埃莉诺,抓住艾丽斯的双手。她哭得毫无顾忌,鼻涕从鼻子里流到嘴里。

"艾丽斯,你到底想要干什么?"她呜咽着,"不要离开我,艾丽斯。不要走。"

寂静消散了。路人看着他们。汽车呼啸而过。埃莉诺看着地面。说啊!艾丽斯抱着莫娜又等了一会儿,她们离得太近,她能听到她剧烈的心跳,但埃莉诺还是没说话。艾丽斯决定离开,让大家都好受些。

"我得走了。"

"艾丽斯!"她妹妹尖叫着。

"艾丽斯,"杰克说,拉着她的胳膊,"请你再考虑一下吧。"

"到了洛杉矶我会给你们打电话的。训练开始前,我们每天都可以聊天。"

"操!"莫娜说,"操,艾丽斯!"

艾丽斯原本想看着家人渐渐走远,转过街角后消失不见,但越走越远的是她自己,他们的目光追随着她,莫娜的声音越来越小,直到被黑夜吞没。

★

艾丽斯的存款刚过两千镑。这是她为未来辛苦攒下的钱。早上，她和基兰诀别、乘出租车去希思罗机场之前，把钱转入了莫娜的银行账户，给她发了条短信。莫娜没有回复。艾丽斯一到洛杉矶，就又尝试联系她，但依然没有收到回复。相反，艾丽斯在去沙漠训练前，天天和母亲通话。她们彼此没有多少话可说，莫娜似乎也总是不在。尽管如此，艾丽斯还是不想结束她们的对话。不管埃莉诺想对她说什么，都还有时间告诉她。道别后，艾丽斯会等着母亲先挂电话。最后一次通话时，她听着寂静中的噼啪声，整整五分钟，眼泪顺着脸颊滚了下来。

在洛杉矶的最后一个早晨，她离开酒店之前，收到了妹妹的两条短信。

我希望这就是所有你想要的。
别回了。没用的。我爱你，永远爱你。xx

艾丽斯输入了**我也爱你**，但又删掉了。接着她改变了主意。

对不起——我必须回复。这一切我很抱歉。我从没想过要伤害你。我爱你胜过我遇到的所有人。希望你茁壮成长，幸福快乐。我爱你，我爱你，我爱你，我亲爱的莫娜。xxxx

她等了几分钟，但没等到回复。莫娜一定在学校、在睡觉、写作业，或者吃晚餐。艾丽斯记不清此刻伦敦是几点了。她浑身发抖。她取下手机 SIM 卡，扔进垃圾桶，然后把手机留在桌上，给客房女服务员附了一张手写便条：**免费手机——请自取。**

## 15
## 离 开

他们在全世界的媒体面前摆 pose——微笑，竖大拇指，像六十年代的流行歌星一样比耶。摄影师们大喊，"看这里——不，看这里，来笑一下！"喧闹声淹没了艾丽斯所有的疑虑。她想知道谁会在电视上看她——她的母亲、她的妹妹、她的朋友、她的前任？被看见的感觉多么美妙。

那天，五艘飞船扎进了太平洋，每艘载有二十人。艾丽斯在第二艘上。她和女室友艾比、男室友拉夫和维托尔一起住在 G 区的宿舍。男女之间用一扇滑动门分隔，在 Nyx 上，这扇门是打不开的。他们的旅程历时七天，大部分时候都处于麻醉状态，被皮带绑在卧铺上，用饲管进食。

遗憾的是，Nyx 只能经由虫洞到达。艾丽斯一度想从高处俯瞰地球，她会想：哇，它在那里。地球会变得越来越小，越来越小，过一会儿就像一个蓝色的塑料球，你可以丢到墙上再弹回来。所有的苦难。弹回来。所有的战争。弹回来。所有的自杀。弹回来。有人被解雇了。弹回来。有人出生了。接着一切都消失了。阿布拉卡达布拉 [1]。

但事实并非如此。她没有机会看到地球。她甚至没有看到虫洞。六天都在混沌的梦中度过。还有一天梦见了伊迪,梦中,她们又找回了彼此,难舍难分。还有关于学校考试的压力梦,关于莫娜变成瘾君子的梦。在一个梦里,艾丽斯在伦敦的地铁上,与另一班地铁并排驶向同一个方向。她父亲就在那一班上,穿着黑衣服,读着《伦敦旗帜晚报》。

他抬起头说:"醒醒!"

但她没有醒,药效太强了。

---

[1] Abracadabra,魔术师在表演时常常会用到的咒语,起源不详,一种说法是源自希伯来语,意为"所言成真"。

某地

七年前

……

# 16
## 漂 浮

第七天,艾丽斯睁开双眼。饲管已经取下。有一分钟,她觉得铺位上温暖舒适,在清醒和睡眠中徘徊。随后她想起自己身在何处,心想:该死,我真的做到了。她解开皮带,漂向天花板,接着抓住铺位,把自己拽向地板,逐一伸展四肢。她的头发和皮肤油腻腻的。艾比仍闭着眼睛。艾丽斯咯咯地笑着,在空中翻了个跟头。

"天哪,"艾比睁开一只眼睛,"我动不了了。"

他们被叫到船头,技术团队工作的地方。所有人聚在了一起,揉着眼睛,蓬头垢面,扶着墙壁或彼此,以免漂走。

"我们就快到了。"固定在座位上的澳大利亚技术员约翰尼说,"我们不想让你们错过这一幕。"

他按下按钮。一扇嵌板移开,露出了三个巨大的窗户可以看到外面。每个人都深吸一口气。外面就像电视里的太空画面——超凡脱俗，一片漆黑——只不过他们置身其间，被它包围。约翰尼指着漂在他们周围的碎片，都是从太平洋掉进虫洞的：一团团海藻，几条鱼，一条鲨鱼，一头全身布满白斑的巨鲸，它们将永远漂浮在太空中。所有人都发出了低声的惊叹。

"那是我们的新太阳。"约翰尼说着，指着一颗越来越亮的橙色恒星，"但请不要直视它。那边是我们的新家，行星 Nyx。"

人们开始欢呼，鼓掌，互相拥抱。

Nyx 是一个粉色的斑点，颜色像水煮三文鱼，依然很小、很远，远在未来。更遥远的是几百万颗星星，它们无处不在，环绕在他们周围。

# NYX

## 七年前

……

## 17
### 第一年

每周五在农场,艾丽斯的双手和指甲都会沾满泥土。她当完自己的班,会去浴室反复擦洗,但无济于事,直到最后她决心喜欢上这种感觉:轻微的污秽,像文身一样渗进她的皮肤。有时她发觉自己在闻着手指——有种宜人的苦涩、有机、不洁。

她每天花好几个小时读书。她学会了用厨余油脂和强碱制作肥皂。与裕子和斯特拉一起值班打扫卫生格外令人满足。在地球上,她很少清扫,只有在公寓脏到不能看或基兰抱怨时才做。她拍下中枢的照片和外面的风景,配上简短的说明文字,点击**发送**。她锻炼得比在地球上的任何时候都多,身体变得苗条而结实,这正是她一直想要的。

艾丽斯在 Nyx 上的第一年过得缓慢悠长、有滋有味，就像以前的夏天。

地球上发生了什么？可能全都是坏事。全球危机、糟糕的新领导人、无法形容的苦难，也许还有第三次世界大战。那种规模的灾难永远不会发生在 Nyx 上。

艾丽斯从没听说过这些坏事，感觉它们根本不存在。这种无知的状态让人放松，有助于平息伴随她很久的焦虑的低鸣。过去一定就是这种感觉——每个部落只关心自己族人的事情。

但有时也很无聊。有时她会想念那些坏消息。

几个月后，汉斯在客厅与加拿大女人马娅大吵一架。场面非常精彩。他比她高一英尺，性格安静被动，而她则尖声叫着。两人约过几次，他现在想把她甩了。有几个人坐在沙发上，尽量不朝那个方向看。

"你不能这样对待别人！"

"怎样，马娅？"

"像屎一样！我可不是他妈的妓女。"

有人小声附和。

汉斯看起来很痛苦。他讨厌与人争执。"来吧，我们去别的地方谈谈。"

"我不想去别的地方谈。"

"咱们是不是该离他们远点?"艾丽斯小声问。

"开什么玩笑?"艾比说道,"这不比电视好看多了。"

马娅怒气冲冲地离开后,汉斯在他们旁边坐下,平静地承认,在地球上,他只要在手机上把她拉黑,就永远也见不到她了。

这出闹剧持续了好几个星期,直到最后,他向马娅道了歉。

Nyx 上无处可逃。没办法玩消失。你没法对抬头不见低头见、坐在隔壁桌吃午餐的人玩消失。你可以几天不和他们说话,但最终还是得让他们回到你的世界。这是件好事,艾丽斯想。每个人都要学会讨论他们的问题、管理他们的关系,而不是扔掉旧关系、寻找新关系。在 Nyx 上,没有人是完全陌生的。

每个人都有优点,她从农场出来时喃喃自语。她值班的全程,肖恩都在挑她的毛病、数落她——她什么都做不对。每个人都有优点,她重复道。每个人都有优点,每个人都有优点,每个人都有优点。

但几个月后,她开始希望能遇见新的人。甚至不需要认识——只要看见就可以。视线扫过他们的脸,看看他们的发型、走路和说话的样子。

不仅如此,她还希望能独处一会儿,偶尔就行。就像她以前在地球上时一样。周日,基兰和本在一起时,她醒来后,会穿上晨衣,泡杯茶,烤个面包,躺在床上看Netflix,在网上闲逛,也许还跟几个陌生人争论几句,不用微笑,也不用说一个字。

有时,就连艾比也开始让她心烦,她说话冷嘲热讽的,还翻白眼。拉夫笑得太多,而维托尔笑得太少,还自以为无所不知。

但这种感觉不会持续太久,至少在第一年还不会。等到第二天醒来,艾丽斯的心情就会好很多,她去吃早餐,和朋友聊天,重新爱上他们,她望向窗外,看着发光的粉色细沙,心想:*真好*。

*N Y X*

现　在

······

## 18
### 有些事物是她最想念的

大海。任何一片海。站在沙滩上，等着冰凉的海水冲刷她的脚面。江河，溪流，池塘，湖泊。水体。汉普斯特德荒野里，女士池塘的水像冷冽的绸缎。西萨塞克斯海岸那波光粼粼的蓝。凉水让她的皮肤发皱变红。Nyx 的卧室窗户外，艾丽斯能看见新密歇根湖，但她从未去过那里。艾丽斯从来没有离开过中枢。她来这里七年了。

照在皮肤上的阳光。真正的太阳，不是 Nyx 的太阳。地球上，没有什么比春日第一缕阳光温暖着她冬日苍白的脸颊更美好的了。这让她感觉焕然一新，就像抛光过的钻石。这里没有季节更替。行星的一面永远对着太阳，另一面对着深渊。中枢离晨昏分界线只有几公里，这里既不是白天也不是黑夜。一切都恒定不变。

莫娜。艾丽斯离开地球时，她才十四岁。现在她是个年轻女人了。真是难以想象。

埃莉诺。虽然艾丽斯宣布要离开地球时，埃莉诺没有像一个正常的母亲那样跪下痛哭，但艾丽斯还是想念她苍白的脸庞。她想念自己对母亲沸腾的怒火，她一直把它放在心口的。但它消失了，那里什么也没有留下。

至少他们还有书。

第二年，约翰尼发起了一个每周读书会。选书是通过一个特别设计的应用程序匿名提交的。巅峰时期，有三十多人参加，讨论能持续几个小时。看人们读书和聊书会拉低收视率，所以第三年控制室出台了限制：每人每月限读一本书。为了表示抗议，Nyx 人开始读超级厚的经典，比如《米德尔马契》和《战争与和平》，本期是约翰·斯坦贝克的《伊甸之东》。这本是艾丽斯选的，纯粹因为书名。现在她正在读，伦敦那个酒吧的名字似乎不太合适。《伊甸之东》是个史诗般的故事，带有圣经色彩，发生在加州，写的是相残的兄弟和疯狂的妓女——与鸡尾酒或屋顶游泳池毫无关系。这本书让艾丽斯庆幸离开了地球，离开了那些对生活的狂野期待。在这里，狂野的期待无法得到满足。

这对她来说是个安慰。

艾丽斯最喜欢读书会的一点是能隔着起居室里摆成一圈的椅子，盯着她的暗恋对象埃利亚斯。她从不坐在他附近，因为她的感情太强烈了。她害怕他的一个眼神就会让她晕倒、呕吐，或者拉裤子。她喜欢这种感觉。埃利亚斯有一头黑色的长发，一双哀伤的深色眼睛。他是美国人，父母是黎巴嫩人。艾丽斯早该过了被忧郁帅气的男人吸引的年纪，但他的美貌给了她希望。

书的额度被削减后，人们开始更频繁地做爱。有些人甚至搬去了家庭宿舍，在那里，只要他们想，就能随时做爱。第一个 Nyx 婴儿出现了，诺玛，裕子和卡洛斯在第四年生的。取这个名字是为了致敬诺曼。她的名字在自助餐厅被宣布时，艾比转头看向艾丽斯，翻了个白眼。裕子和卡洛斯站在讲台上，双颊绯红，面带微笑，抱着裹在白毯里的小弥赛亚。裕子是第一个生育的，这点毫不意外。在东京的时候，她曾是一位保姆。她想念婴儿的陪伴。

她实在太可爱了，诺玛，这个人类婴儿从未见过地球，但要隔着渺远的距离学习父母的习俗，就像移民二代。诺玛长着母亲的眼睛，父亲的金色皮肤和波浪黑发。中枢里的每个人都为她疯狂。她是大家多年来见到的第一个婴儿。裕子或卡洛斯一走进房间，所有人都会看过来，想知道他们有没有抱着诺玛。她身后总是跟着粉丝——人们想抱抱她，捏捏她胖乎乎的小脸，摸摸她带凹坑的小手，闻闻她酸甜的头，或者只是惊叹地看着她的脸。她是一种毒品，一个奇迹。裕子被这些关注弄得不知所措，只好躲在她的房间里安静地哺乳，她常常哭泣，后悔自己没有待在地球上，和母亲在一起。她终于明白自己做了什么。

艾丽斯想念她在克拉普顿的老公寓。想念基兰。最好的朋友这个概念是多么幼稚，但基兰就是最好的朋友。

地球上也有完美的东西，只是不常有。

谁知道基兰后来怎么样了。也许她还和本在一起。也许他离开了妻子，他们正式公开了恋情。也许她把他甩了，和一个善良的印度男孩结了婚，这是她母亲一直以来的愿望，婚礼持续了好些日子，而她没有想起艾丽斯，一次也没有。

她还想念上克拉普顿街道上的正统犹太家庭，他们都穿着黑衣服，就像另一个世纪的来客。那些固守着过去的人们反倒让人安心，其余的世界拒绝停下脚步，而他们则拒绝改变。他们让她想起了父亲。他在宗教觉醒后，一定也是这么穿的，但她不记得了。

她并不想念他。已经过去太久了。他已经到犹太天堂了。犹太人相信天堂吗？艾丽斯不记得了。她对犹太教的一切了解都来自电视和电影：多连灯烛台、小圆帽、Matzo 丸子汤、大屠杀创伤、用已死的古老语言吟诵的忧伤祷文。Nyx 上只有几个犹太人，艾比就是其中之一。她的母亲是德系犹太人，父亲是黑人。艾丽斯和艾比都是犹太人和异教徒的混血，但只有艾比有正确的那一半。

这些地球上的规则。艾丽斯依然不想念它们。

# 19
## 没有比家更好的地方了

艾丽斯醒来时,嘴里有种人造樱桃的酸味。她梦到了糖果。自动遮光帘已经升起了一半,营造出清晨阳光的假象,尽管光线一直都是这样——柔和的金色光,大约早晨八点的样子。

闹钟(黎明时的鸟鸣合唱,八年前录制于加州)响过之后,她从上铺看向下铺的艾比,问:"美国有哈里波(Haribo)吗?一种黏黏的软糖——有气的那种。"

"我不记得了。"艾比的声音听起来没什么热情,"我不爱吃糖。"她看起来已经醒了一会儿,在床上坐着,眼睛眯成一条缝儿。失眠在 Nyx 上很普遍,还有传染性。艾比长长的棕色卷发在阳光下闪耀。浅棕色的皮肤有些发黄。

"我愿意砍掉一根手指换一包这种糖。"艾丽斯说,"一点也没夸张。"

艾比抬头瞄了一眼艾丽斯,但她太累了,懒得接话。她在把玩自己的金婚戒,在不同的手指套来套去试着大小。如今,她的无名指太细了。最近她又开始戴婚戒了,但只在卧室戴,这里没有摄像机。出了房间,她就把戒指放在口袋里。她多年前就离婚了,在离开地球之前。

"我是认真的。"艾丽斯说,"我以前都几乎没怎么吃过这个,但现在我绝对不会犹豫。随便哪根手指,哪怕是食指。你可以砍掉我右手的食指——"

"姐们儿,别闹了。我愿意砍掉我该死的脑袋,就为了吃一口芝士汉堡。"

艾比的心情很差。Nyx 开始让她心烦了。

地球上,七年足够谈三次恋爱、转行、生几个新的人类,然后变老。但自从艾丽斯和艾比生活在*中枢*以来,这些事情一件都没有在她们身上发生。她们长出了几缕白发,肤色变浅了,成了恶心而不健康的颜色。她们现在拥有了曾经梦寐以求的轻松利落的苗条身材,虽然这并没有带来多少快乐,因为她们每天穿着同样的衣服。她们的衣服已经破破烂烂,不成样子了。

每个人都变了。几年间,人见人爱的老板诺曼几乎成了一个隐士,很少露面。在公众场合出现时,总带着CEO 那种遥不可及、心事重重的魅力。已经有一个多月没有人见过他了。大家都猜他躲在控制人员宿舍里,艾丽斯从未去过那里。艾比去过——那里是她的轮值打扫区。她说那里没什么特别的。

艾丽斯将身体探出铺位,用平板电脑拍了一张照片。透过窗户,她看得见1号附楼和广袤的桃粉色沙漠,远处的低洼地带,新密歇根湖靛蓝色的湖水波光闪闪,周围环绕着森林。一切都和一直以来一样。

"人们还没看腻吗?"艾比问,"反正我腻了。"

人们不管什么都会腻的,即使是在另一个星球上生活。艾丽斯在平板上写:

早上好,地球人! Nyx 上又是一个阳光明媚的好天气。无论你在宇宙的哪个角落,都希望你 🚀😀 周日愉快 #生活在 Nyx #周日气氛 #艾丽斯·科恩

然后她按下**发送**。她总是打上自己名字的 tag,增添一些个人风味。控制室里有人审查这条推文,会有短暂的延迟,接着会出现一个蓝色的钩。这意味着审查通过,已经发给地球了,如果能通过地球上的第二道审查,就有望被数百万人看到。有时推文被卡,就会出现一个红叉,但这种情况已经很久没有发生了,因为艾丽斯早已明白写得越平淡无奇越好。她看不见点赞和评论,也看不见推文本身。她能做的只是按下**发送**。没有互动,没有参与,没有

滑屏，没有对其他人生活的孤独艳羡，也不会沉迷于收集了多少赞——一种多巴胺的低语，苦涩而又甜蜜：我看见你了。

这可比在自由公司工作轻松多了。没有上司，可以自由安排时间，不必讲PPT，也没人对她寄予什么期待。她怀疑就算她再也不更新了，也没人会在乎。

她爬下来，到了艾比床上，她早上一直是这样，躺在她身边，头对着她的脚。她们聊着埃利亚斯，但艾比心不在焉。

她说："你他妈跟他说话啊，姐们儿。"

"天哪，好吧。不要这么粗俗嘛。"

"我不是粗俗。只是给你点建议。"艾比眼神空洞，没有直视艾丽斯的眼睛。"我起床了。"她把腿从艾丽斯头下抽出来，拿起一条已经变灰的毛巾，离开了房间。

艾比坚持着在地球上的传统，每天早上洗澡。艾丽斯则每周洗一次澡。她觉得自己在这里没有那么难闻了。地球上有某种让人发臭的东西。此外，这样她可以一次性用完她每周的十分钟配额（从第五年开始实行）。她钻进被单和毯子，吸着艾比的味道。一股甜腻的霉味，就像碎饼干，但带着一种难闻的苦味，在地球，艾丽斯会觉得恶心。而在这里，她喜欢这种味道。

现在地球上没人能看见她。卧室里没有摄像机，尽管有人说诺曼能看见一切——通过隐藏的摄像头、通灵术、全知全能。她把头埋进被子,以防万一。在这里,在黑暗中,很容易假装自己还在地球上。如果打个响指能就回去,她一定毫不犹豫。回到伦敦,回到她的工作、她的悲伤、她的公寓、她的床,回到那个里奇告诉她"生活在 Nyx"的周四晚上。如果能回去,她一定会的,就像多萝西敲红宝石鞋[①]一样容易。艾丽斯闭上眼睛,敲了敲光着的脚后跟。

"没有比家更好的地方了,"她说,"没有比家更好的地方了。"

什么也没发生。

它来了,它来了。那种感觉又来了——恐惧从她的心脏蔓延到皮肤。她用双臂抱紧身体,等待它平息下来,然后掀开盖在脸上的毯子,呼吸着人造氧气,依然没有睁开眼睛。

"回地球来吧。"有人在她的耳边低语——一个女人的声音。

"艾比?"她睁开眼睛,环顾整个房间。

声音低沉、坚定,莫名地熟悉。伦敦或东南部的英国

---

① 1939 年的电影《绿野仙踪》中,多萝西将红鞋的鞋跟碰三下,重复喊着"没有比家更好的地方了"就能回家。原著中的鞋子为银色。

口音。她能听见拉夫和维托尔穿过走廊，走向餐厅，一路说笑。成年后，艾丽斯一直在等待自己失去理智的那一刻。真正的疯狂——那种与现实融为一体的疯狂。在地球上，它总是近在咫尺，伺机而动，但自从她来到 Nyx，烟霾就退散了。

"哦，是你。"她说，假装一点也不怕。

没人回应。房间里空空荡荡。

*

今天早晨的餐厅里很热闹，大人们在聊天，小孩子在尖叫，活着和难吃的早餐都让他们兴奋——他们没有其他东西可以比较。过去一年里，食物的质量断崖式下降。艾丽斯不知道为什么。从第六年起，她就没去农场工作过了，大多数 Nyx 人也一样——控制室希望能简化操作。农场周日也不再开放。她怀念阳光穿透玻璃穹顶散发的热量。

埃利亚斯今天不在前台当班，让人有些失望。

艾丽斯和艾比端着餐盘，与拉夫和维托尔一起坐在窗边的老地方。*中枢*里是早上 8:04，中部标准时间——Nyx 公司选择这一时区，是为了直播观看人数的最大化。在 Nyx 上生活了七年，他们依然遵守着公历，表现得好像一天有二十四小时，尽管他们的星球没有自转。他们像糟糕的移民一样,并未融入当地文化。芝加哥、墨西哥城、加拉帕戈斯群岛和伯利兹,此时也是早上 8:04。这些地方的人们正吃着各式各样的早餐,但如今在 Nyx,他们每天吃的东西基本上都一样:一片面包,涂着棕色的蛋白酱。运气好的话,有时还能吃上一块水果。今天没有水果。农场工在苦苦维持。厨房里的食物快吃完了。

"嘿。"拉夫说。

"早上好。"艾比说。

维托尔抬头看了一眼。他正用手指沾起锡盘上最后一点面包屑。他旁边的窗外,灼热的蓝天下,绵延着粉色的沙丘。刚来的时候,这片景观充满异域风情,但现在就像屏保一样——不真实,很容易被忽略。艾丽斯在拉夫身边坐下,艾比坐在对面。

"Bom dia[①]。"艾丽斯微笑着对维托尔说。

"Bom dia。"他说。

自从他告诉她,他想念他的母语,她过去两周每天早上都用葡萄牙语跟他打招呼。他是这颗星球上唯一说葡萄牙语的人。出于组织安排的考虑,Nyx 公司刻意没有招募两名以上讲同一种语言的母语人士,英语除外。

"怎么样?"艾丽斯问。她咬了一口面包。很难嚼,

---

① 葡萄牙语,意为"早上好"。

口感粗糙。蛋白酱的味道像豆子和可可的稀薄混合体。

维托尔用手指搓了搓脸。"我睡得太差了。"他的眼周都是皱纹，眼球布满血丝，黑眼圈很重。

"我也是。"拉夫说，勉强挤出一个笑容，"因为我整晚都在听你叹气和翻身。"

"抱歉。这不是我的错。"

"我知道，兄弟。"

有人在直播上看着我们，艾丽斯想。对我们的脸比对他们自己的还熟悉的人。她偶尔会这么提醒自己。我们算哪一级的名人呢？一线、二线、三线，应该不是十八线？地球上，即使是十八线名人也能享受名气的好处：来自陌生人的被动爱意，从手机的推送中散发出来。但对 Nyx 人而言，名气是一种信仰。虽然没有什么证据，但相信自己是知名的重要人物，一切就都值得了。

艾丽斯极少忘记诺曼在看，但地球如此遥远，很容易遗忘。现在，有人正坐在沙发上，敲着笔记本电脑，在中枢的不同房间和摄像机中来回切换，直到在 G 区的早餐桌停留上一两分钟。艾丽斯想象着面目模糊、性别不明的观众，手指结着一层零食的壳，微张着嘴，盯着屏幕发出的蓝光。他们看着艾比小口小口地吃面包，这样能吃得更久。真希望我也在 Nyx 上，观众想，这样我就不用待在这儿了。

"你为什么睡不着？"艾丽斯问，她只是没话找话。

她知道维托尔为什么睡不着。有时她自己也整晚醒着,听着中枢低低的金属嗡嗡声中,艾比的呼吸声。

"我也不知道。"维托尔说。

他想念地球,这就是原因。艾丽斯第一次在加利福尼亚的沙漠见到他时,维托尔英俊潇洒,胡子刮得干干净净,但现在他和所有人一样,也变样了。他的橄榄色皮肤和黑发开始泛灰,体格也萎缩了。像 Nyx 上大部分男人一样,像拉夫一样,他蓄起胡子,留起长发,盘成一个髻。同样的发型,同样的衣服,同样营养不良的体形。

"你吃安眠药了吗?"艾丽斯问。

"药快没了。你也知道。"

因为物资不足,维托尔无法正常工作。他厌倦了这些人,他们不是他真正的朋友。他怀念圣保罗医院的混乱。他怀念下班后在阳台上喝啤酒。他怀念在酒吧里搭讪男人,没人知道你是谁。也许他父母会接受的,最终会的。

"饿死了,老兄。"拉夫说,"看看我的胳膊。我他妈都成一具骨架了。"他卷起破旧的运动衫袖子。七年前,他看起来就像个拳击手。现在,他曾经肌肉发达的手臂瘦得就像十几岁的男孩,因为缺乏阳光而泛青。

"没那么糟啦。"艾丽斯说。

"我都不像是我自己了。"他把袖子放下来,"还是别看了。"

艾丽斯和拉夫之间从未发生过什么。也许在地球上会，但现在，他们已经太了解彼此了。

"我已经不照镜子了。"维托尔说。

"说来听听。"

"我正好相反。"艾比说，"我一直忍不住要照镜子。看看这颧骨。"她左右转动着头。

"我们应该把它当作一种节食法来营销。"艾丽斯说。

艾比换上一副低沉的嗓音："永远抛弃你的朋友、家人和生活。只要付出一点小小的代价，就能得到*你梦寐以求的身材*。"

他们笑了几秒，停了下来。他们有些过分了。对"生活在 Nyx"的批评是不允许的，尤其是在地球上能看到的公共场所。艾丽斯的手脚有一种奇怪的感觉，针扎一般，麻麻的。一种不祥的预感。恐惧再次袭来。她在桌子下面晃了晃脚，双手合在一起，等着它过去。

维托尔咬着左手大拇指，尽量显得漫不经心。这是 G 区的暗号，意思是请求在他们其中一个的卧室里开会，避开摄像机。

"好了，"艾比说，"我吃完了。"

"我也是。"拉夫说。

他们四个向出口走去。餐厅几乎已经空了。拉夫走向其中一桌，和人们打招呼，逗得大家哈哈大笑，其他三个人则继续往前走。拉夫太擅长假装一切正常了。

走回 G 区的路上,四人古怪地聊着天,因为走廊里也有设备。有地球上的人在看。也许诺曼也在看——不管他在哪里。

他们在 2 号附楼入口刷了手环,到 G 区又刷了一次。

"去你们那儿吧,"维托尔说,"我们的房间太乱了。"

"好的。"艾丽斯说。

他们在艾丽斯和艾比房间门口又刷了手环。如果他们不刷,自动感应器就会向控制室发出警报。对他们而言,在中枢里无处可躲。

"早安,拉温德和维托尔。"不知从哪里发出来的声音说,就是这个声音在地球上的黑色房间面试了艾丽斯。忠实的老熟人塔拉,神采飞扬,不曾改变。

四个人挤在房间里。房间和艾丽斯之前在电视里见过的牢房差不多大。她和艾比坐在下铺,拉夫和维托尔蹲坐在地上。

"怎么了,维?"拉夫问,他在东张西望,检查有没有新的设备在看着他们。现在他们已经形成了习惯,怀疑别人告诉他们的一切。

"我听说了一些消息。"维托尔说。

每个人都凑过来,他们被激起了兴趣,就像等着奖励的狗。在 Nyx 上,八卦比在地球上更为珍贵。最近开始流传一个新的阴谋论：其实他们不在太空，仍然在加州，一切都是骗局。而这只是一厢情愿。他们不在加州。

"有个在控制室工作的人告诉我，"维托尔说，"我发誓不会告诉其他人，但是真人秀的收视率很低。他们认为Nyx公司快倒闭了。"

"这他妈怎么回事？"拉夫问。

艾丽斯的胃里一阵抽搐。她用手捂住嘴，生怕自己会吐出来。

"我就知道。"艾比说着，摇摇头。她瞥了艾丽斯一眼。"你不知道吗？我早他妈猜到了。"

艾丽斯咽了咽口水，才开口说话。"不过，这意味着什么呢？"

"意味着节目会被取消，资金链会断掉。我们会彻底与世隔绝。你知道让我们和地球保持联系有多贵吗？"

"但我们是自给自足的，"拉夫说，"即使节目完结了，也不见得就会玩儿完嘛。"

"当然会玩儿完。"艾比说，"没有人会来了。没有新人。没有必需品。和地球没有联系。我们就会死。"她不开心地笑了笑，从中依稀还能看到她往日美丽笑容的样子。

拉夫摇摇头，露出一个茫然的微笑。"不，这不可能。"

艾丽斯不明白他和艾比为什么会笑。也许他们既恐惧又兴奋，终于有事情发生了。

"你看过合同的,拉夫。"艾比说,"你不光看过,还签了名。我们都签了。"

"你在控制室的朋友,"艾丽斯说,"他们知道诺曼在哪里吗?"

"不知道。"维托尔回答,"也许他们知道,但没有告诉我。他可能就在控制人员宿舍里,你不觉得吗?"

"那边我经常去,"艾比说,"他不在那儿。"

两个男人离开了房间。艾丽斯和艾比还坐在下铺,在一片寂静中盯着地板,虽然中枢从来没有真的寂静。她们仍然可以听见尖锐的微弱嗡鸣,是太阳能发电系统、氧气泵和空气控制器:用以维系 Nyx 人生命的神秘程序。只有他们不说话时才会觉察到,自己的生活中不再有寂静,也永远不会有了。它在地球上存在过吗?伦敦没有,但——总有地方有。每当艾丽斯去乡下,深夜厚重的寂静都让她兴奋。那是空无的重量。窗外,夜空一片漆黑,点缀着星星。不是城市中那种被污染的、发绿的夜空。她想念星星。中枢里,太阳永远不会落下,所以这里看不到星星。

"这也难免,"艾丽斯说,"人们会厌倦电视节目。"

"但这可是终结所有电视节目的节目啊。"

艾丽斯耸耸肩。"《黑道家族》才是,可是就连它都完结了。"

艾比笑了，眼神依然空洞。"我没看过《黑道家族》。我猜我永远看不到了。"

"那现在是什么情况？"

"没什么情况。我们只能等。"

## 20
### 还有这些事物

寂静,星星,夜晚,还有许多东西。

香烟。唔,香——烟!就连这个词本身也让她开心。去沙漠训练的前一晚,她在西好莱坞的一家酒店门口抽了最后一支烟。确切地说,她是连着抽了三支。味道真是太美妙了。

钞票的味道。很奇怪,不是吗?连她自己也没料到。那天晚上,她梦见自己在一家街头小店,展开一张二十英镑的纸币,一缕纸质的可卡因苦味扑面而来。是钞票有可卡因的气味,还是可卡因有钞票的气味?

止痛药。艾丽斯离开了地球,却没有离开她的身体,因此她依然饱受痛经折磨——大腿上部不祥的颤抖，蔓延到腹部的刺痛。在地球上，她没有完全见识过它的厉害，只要吞下两片布洛芬，疼痛就会像潮水一样退去。但布洛芬在第三年就耗尽了。扑热息痛是第二年。SSRI[①]类药物和安眠药也所剩无几。诺曼曾说过，会有更多的人来。他们会带来我们需要的一切。不知从什么时候开始，他就不再提起了——会解决一切问题的，新来的人。

做爱和浪漫关系。确实，她怀念这些。隐私难以保证。确立严肃关系的伴侣可以住在家庭宿舍，但随意的性爱只能趁室友不在时草草了事。艾丽斯上次做爱是在两年前，和乔纳，在4号附楼的洗手间里，更多是出于无聊。自那以后——什么也没有。

之后她注意到了埃利亚斯。直到三个月前，除了在他工作的餐厅里说请和谢谢，他们还没怎么说过话。但她随后梦见了他，在温柔悸动的高潮余波中醒来。梦醒的那个早晨，他在前台工作，给大家盛又灰又黏的土豆泥。

"要来点吗？"埃利亚斯问，眨着他那双忧郁而美丽的眼睛。

---

[①] Selective Serotonin Reuptake Inhibitor，选择性血清素再摄取抑制剂，一类常用的抗抑郁药。

艾丽斯张了张嘴,却说不出话来。

埃利亚斯笑了。"你还好吗,艾丽斯?"

他说出她的名字时,她的胃中一阵抽搐。

"好的,谢谢。"

"好。"

他向艾丽斯的盘子里倒了些土豆泥,看向队伍中的下一个人。

## 21
## 清 扫

在地球上,艾丽斯长时间地工作,总是随时待命。在 Nyx 上,时间在她周围延展,就像是一个空房间。她的社交媒体工作每天不到十分钟就完成了。她一周有六天在打扫中枢,每天几个小时。几乎每个人都有清扫任务。艾丽斯并不介意。这项工作重复而治愈,是和裕子与斯特拉连续聊上几个小时的机会。她喜欢清洁剂的酸味。她喜欢手上和胳膊上的皮肤变硬。在地球上,坐在办公桌前,她觉得自己像海牛一样又肥又软。

这天早晨,去打扫的路上,她透过窗户望了一眼农场,看见了绚丽的绿叶植物和劳作的人们。从这里很难判断,但农场工真的很艰难吗?片刻之后,她路过一扇窗户,从这里可以俯瞰尚未完工的扩建建筑中枢二号。这是一副黑色的建筑骨架:几面墙,被成堆的垃圾包围着。

今天，清扫小队从 5 号附楼的女卫生间开始打扫。大部分卫生间都用薄板做了隔断，但有一些已经塌了。淋浴间是公共的。这里没有摄像机。三个女人脱到只剩灰色背心和短裤。清扫是让人满身大汗的工作。她们趴在地上擦洗时，维托尔的秘密在艾丽斯的舌尖滋滋冒泡，就像一枚药片。她太想告诉她们了。裕子抬头的时候，艾丽斯张了张嘴，但又改变了主意。

"怎么了，艾丽斯？"裕子用她甜美而不带感情的日本口音问，"你好像要说什么。"她瞥了一眼四岁的女儿诺玛，她坐在房间的一角，在裕子的平板电脑上画着什么。

"没什么。"艾丽斯说。

"说起来，"斯特拉在房间另一边说，"我半夜睡不着，起来走一走，我发誓我看到诺曼了，他鬼鬼祟祟地在一条走廊里转悠。"

"不会吧，真的吗？"裕子问。

"真的，他一见我，就像受惊的兔子似的跑掉了。"斯特拉双手一摊，"谁知道呢？可能我在做梦吧。"

"好奇怪。"裕子说，"不知道他在做什么。"

"他大概把自己锁在某个房间里，像个疯子一样对着瓶子撒尿。"斯特拉说。

三个人都笑了。

"嘿，"裕子说，"你们会剪头发吗？"

"你想剪头发？"斯特拉问。

裕子点点头。"是的,好久没剪了。"

"我可以帮你。"斯特拉在装清洁用品的箱子里翻了半天,掏出一把黑色的大剪刀,"看!如果你愿意,我现在就能剪。"

裕子皱起眉头。"我想去找我在东京的那个理发师,做个头皮按摩,再吹个造型,出来的时候就像个大富婆。"

"我可以给你按摩。"斯特拉面无表情地说。

"啊啊啊,谢谢。"

"我是认真的!"很难说斯特拉什么时候是认真的。她很少笑,但眼神中总有几分傻气。她四十出头,但看起来更老。有时她隐约提起在新西兰的生活,提起艰难的日子,但艾丽斯知道还是不问为好。在那里,她是个秘书,还有其他工作。在这里,她做饭,打扫。

"为什么他们不弄个理发师来这个该死的星球呢?"裕子问。"我是说,*上帝啊*。"她说脏话的时候瞪大了眼睛,对自己感到满意。她的语言习惯在七年间改变了,带上了美式腔调。

"你还想不想剪头发了?"斯特拉问。

"你以前给别人剪过吗?"

"剪过,我以前一直给男朋友剪头发。"

"唔,那好吧。"

斯特拉指着其中的一个马桶。"坐在那儿,背对我。"

裕子厌恶地绷着脸。

"我刚擦过的!"

"好吧。"裕子在马桶边沿坐下。

"小心,尽量别掉进去,好吗?不然我只好把你冲去太空了。"

裕子开始解发髻—— 一团巨大的毛球,靠头发本身缠在一起。(所有的发圈在几年前就丢完了。)她浓密的头发垂下来,一直垂到臀部以下几英寸。

"姐妹!我的老天!"斯特拉说。

艾丽斯走过来,站在斯特拉身边,看着她用手指轻柔地梳着裕子的头发。她的发尾很细,夹杂着几缕白发,但仍然浓密黑亮。七年没有用地球的产品,发质看上去依然很好。散发着泥土和碎叶的味道。艾丽斯记得自己伦敦浴室的架子上摆满了瓶瓶罐罐。即使在当时,她也为自己如此好骗感到惊讶。

"你有多久没剪过头发了?"斯特拉问。

裕子笑了。"噢,你不会相信的。"

"两三年?"

"我离开地球后就没剪过了。"

"什么?!"另外两人异口同声地说。

"你们还记得刚来的时候我是什么发型吗?"

"你不是剪了个寸头吗?"

"是的,为了节目剪的。我觉得这样更好打理。"

"好酷啊。"

裕子微微一笑。"谢谢。"

斯特拉先是捞起一把裕子很久都没有剪过的头发,又让它在指间滑落。"留了七年的头发。"她说,"你想剪成什么样呢?"

"到肩膀?"

诺玛的注意力不在这边。她还盯着裕子的平板电脑。

"长度到肩膀。"斯特拉说,"好的。"

她开始研究该怎么剪的时候,她们都没有再说话。斯特拉轻轻地用手移动着裕子的头,检查头发是否垂直,随后,终于拿起剪刀,快速而结实地剪了五下。千万根黑发落在了地上。

"好啦!"斯特拉说。

裕子用手拂过头发,手指摸到发尾时,惊讶地睁大了眼睛。"哇,感觉好多了。"

"真好看。"艾丽斯说。

"确实好看。"斯特拉说,"很优雅。"

卫生间里没有镜子——不久前落下来摔碎了——所以裕子相信了她们的话。

"Okaasan[①], 我饿了。"诺玛用一种混合的口音说, 眼睛仍然盯着平板, 没有看她。

艾丽斯心想, 一百年后也许会出现一种 Nyx 口音。那时, 所有不说英语的人都已经死了。

"好的, 诺玛。"裕子叹了口气。

她在角落的地板上坐下。诺玛坐在她腿上, 掀起裕子的背心, 开始吮吸她的乳房。裕子之所以这么瘦, 至少有一部分是因为她被女儿吸干了。

斯特拉用手把地板上的头发捡起来, 揉成一团, 扔进垃圾桶。

"在地球上你可以把这个卖给假发商。"她说, "非常好的头发。"

"不,"裕子说, "白头发太多了。"

诺玛停止了吸吮, 抬头看着妈妈, 她的头发刚刚过肩膀。裕子的样子确实很优雅。她可以做个建筑师或设计师——创造美丽事物的人。

"Okaasan!"诺玛尖叫起来, "你的头发!"她张大嘴巴, 一脸震惊。

"斯特拉帮我剪的。不好看吗?"

"不!"豆大的泪珠从她脸颊上滚下来, "难看死了!"

---

[①] 日语,意为"妈妈"。

"宝贝，别这样。"

诺玛把头埋进妈妈的胸脯，抽抽搭搭的，一句话都说不出来。裕子朝艾丽斯和斯特拉笑了笑，翻了个白眼。她们转过身，给她一些私人空间，继续打扫。

"天哪。"艾丽斯轻声说。

"她认不出自己的妈妈来了。"斯特拉说，"就是这么回事。"

后来她们又打扫了起居室和几条走廊。其他小队负责打扫余下的部分。期间她们碰到了艾比，她正提着桶去控制人员宿舍。大家相互说了声：嘿！继续走路。

艾丽斯回到卧室时，里面没人。艾比还在工作。除了清扫外，她还给 Nyx 的孩子上课——每天只有几个小时。大多数孩子还太小，不能上学，但他们会越长越大。艾丽斯很高兴能一个人待着，很高兴能听见中枢的嗡嗡声，接近完全的寂静。她爬到上铺，疲惫涌上来，漾到全身，就像上完瑜伽课一样，她会躺下，什么也不想。在地球上，她很少去上瑜伽课，很少运动，但一旦她运动了，训练完成时就是最好的时刻。办公室的工作结束时，也有一种快乐，但与之相伴的是只有酒精才能填补的巨大空洞。艾丽斯看了看平板电脑。今天是五月十一日。七年前的今天，她刚从自由公司辞职。

她平躺着,手心向上,双腿微分,眼睛轻轻闭着,下颌松弛。沙瓦萨那[①]。什么也不去想。肌肉散发着平静的气息。这是她一天中的高光时刻,一直以来都是如此。

---

[①] Savasana,瑜伽中的摊尸式,又称大休息式,通常是结束时放松的姿势。

## 22

## 还有这些事物

新的音乐。他们有一百首歌,也仅此而已。鲍勃·迪伦、碧昂斯、莫扎特、泰纳利文、盖尔·科斯塔、王子、阿莎·博萨莱、鲍勃·马利、LCD Soundsystem、声名狼藉先生的歌曲。艾丽斯从未想过她有一天会对乔治·迈克尔的《无心快语》或肖邦的《G小调第1号叙事曲,作品23》有着如此深入的了解,但她确实渐渐爱上了这两首曲子。现在,她哪首都无法忍受了,连她自己选的那首也不行。他们脑海中当然也有其他的歌——忘不了的那些——但不被允许在公共场合演唱。版权费太高了。

但有一首例外:汉斯去世的时候,伊丽莎白在餐厅的追悼会上,清唱了鲍勃·迪伦的《致拉蒙娜》。这首歌在电视和直播中都被静音了,你只能看到人们手牵着手哭泣。伊丽莎白唱歌的时候也哭了,但她连一个音都没有唱错。

她的声音冰凉而清澈,像一条小溪。

汉斯并不是唯一一位去世的 Nyx 人。还有另外三位,都是自然死亡。在地球上,他们本可以活下来的。

电影和电视。

互联网。你可以偷窥别人、逛衣服、看狗狗的照片,在空虚、冥想的状态中浪费人生。她现在唯一能做的就是把照片发给世界。她知道会是这样。条款及细则里写得很清楚。

鸡尾酒、啤酒和葡萄酒。所有的酒。还有毒品。在地球上,忘乎所以的肤浅快乐,只要打上几个电话就有了。太过习以为常了。

有时他们会自己偷偷酿点酒。虽然这是不允许的,但确实会有。艾比想办法弄到了一些。味道像刷锅水。她们在卧室里飞快地喝完,笑上好几个小时,聊着她们愿意为了听上一首歌单上没有的曲子而真的去杀人。一首节奏感强、可以跳舞的歌。她们自己唱着歌——有蕾哈娜的《我叫什么名字?》、卡莉·蕾·杰普森的《有空打给我》,以及迈克尔·杰克逊的《比利·简》,歌词却忘了大半。艾比试着光脚跳太空步,但房间太小了,她施展不开。第二

232

天的宿醉很轻微，不知怎么还有些愉悦。艾丽斯已经忘了宿醉的甜美和柔软，就像一床盖在身上的毯子，告诉你：慢慢来。

睡着的时候，艾丽斯想去哪儿就去哪儿，想吃什么就吃什么，想听什么歌就听什么歌——所有东西的味道和声音都和地球上一样。除了春梦之外，她最喜欢的就是吃地球食物的梦。有时是佳肴珍馐，比如鸭肝酱和牡蛎。有时是麦当劳芝士汉堡或巧克力饼干。她醒来时嘴里满是口水，喉咙里是几乎抑制不住的尖叫，但依然感谢这个梦。

## 23
## 埃利亚斯

接下来那个周六，值完班，艾丽斯去起居室上拉夫的健身课，一起的还有二十来个 Nyx 人——大多数是女人。她和艾比总是站在后排，因为她们的笑声会让拉夫分心。大家都穿着同样的背心和短裤，光着脚，因为鞋子已经散架了。他们跑步，做深蹲、波比跳、俯卧撑、仰卧起坐，拉伸。拉夫做着同样的动作，但几乎没有出汗，嘴里还喊着口令：

"再来五个！"

"最后三个！"

"不要忘记呼——吸！"

他和他们一起为辛劳和努力而笑，即使这对他来说轻而易举。艾丽斯曾经在伦敦的公园里见过像他这样的男人，训练富人成为更好的自己。

他们的手臂上闪着薄汗，嘴里大口地喘着气。在地球上，其中有人会问，能开个窗户吗？但他们不能开窗，大气会要了他们的命，所以没人这么说。拂过汗水的微风，艾丽斯想。那感觉真美好。房间里越来越热，充斥着挥汗如雨的人的味道。

和往常一样，艾丽斯提前走了，这样她可以享受几分钟一个人洗澡的时光——她每周一次的清洁。香皂没有味道，也不怎么起泡，但效果不错——她能闻到身上的污垢正在分解。她闭上眼睛，假装在克拉普顿的家里，全身涂满薰衣草味的沐浴露，听着远处传来的收音机声，基兰敲了敲门。

"你快洗完了吧？"她会问。

但突然之间，她的身体觉得很冷——淋浴已经关了。她的十分钟额度到了。她用不干不净的毛巾擦干了身体。

基兰可能几年前就搬走了。现在住在那里的是陌生人。

吃完午餐，大约十五个 Nyx 人聚在起居室里，参加读书会。从第三年开始，对书籍的兴趣就逐渐减弱了。健身课的汗臭还没有散去，房间里还有湿润的热带暖意，但 Nyx 人并不在意。空气永远是污浊的，他们已经习惯了。他们坐在围成一圈的椅子上，就像个互助小组，手里抓着平板电脑，等着讨论《伊甸之东》。艾丽斯坐在埃利亚斯对面，这个距离足够远，他的存在不至于令她手足无措，又能让她欣赏他的美貌。他很少与她对视。他要么看着地板，要么看着天花板，要么看向说话人，他点头，摇头。和艾丽斯一样，他大多数时候在倾听。他坐在肖恩旁边。

"大家好。谢谢各位的参与。"约翰尼说。在读书会之外，艾丽斯并不了解他。他是个技术人员，因此地位更高。"《伊甸之东》，选得很好。我以前从来没有读过。其实我从来没有读过斯坦贝克的书。你们呢？"

"我高中时读过《人鼠之间》。"伊丽莎白说。

"对，"艾比说，"我也是。"

"很好，不管是谁推荐的——谢谢你。这本书真是让人惊叹。"

几个人打量着四周，想看看是谁选的书。艾丽斯尽量显得若无其事，但她的脸红了。埃利亚斯的目光落在了她脸上。她感到脸越来越红，直到暖意蔓延至喉咙、胸口和手指。他扬起眉毛，微微一笑。艾丽斯的脸抽搐了一下。她移开视线。她没有别的办法。

"你们觉得怎么样？"约翰尼问。

肖恩和艾比同时张开嘴，准备讲话，但埃利亚斯举起了手。

约翰尼向他点点头。"请说，老兄。"

埃利亚斯在椅子上挪了挪身子。"我觉得这本书棒极了。"他先看了看约翰尼,然后看了看地板。"真的。虽然我们读过很多厚书,但一开始我还是被厚度吓到了。它写了很多关于——"他顿了顿,抬起头。"我来自加利福尼亚,但不是萨利纳斯人,还离得很远,但……我觉得这是最打动我的——斯坦贝克对加州的爱。也许我们对家乡都有一种爱。还有,其他的主题——善与恶、爱的毁灭性力量、兄弟反目——都很有趣。这让我想到——"他点点头,靠回椅子上,决定还是不说为好。"没什么。我也不知道。我很喜欢这本书。"

艾丽斯一直屏着呼吸。她呼出一口气。埃利亚斯又看了她一眼,笑了,但看上去并不开心。闪亮的深色眼睛暴露了他。有一种……无可奈何。讨论仍在继续,但她并没有参与。她想起了与这本书同名的伦敦夜店。也许人们现在就在那里,在泳池边喝着鸡尾酒。生活还在继续。埃利亚斯没有再发言。

读书会结束后,每个人同时开始讲话,突然之间一片喧闹。他们把椅子叠好,放在角落。一些人走了,其他人坐在破旧的沙发上,谈着其他话题。艾丽斯听到了一些对话片段。

"你是不是……"

"嗯,我……"

"哦,真的吗?"

这是毫无意义的噪音。她没想找任何人说话，也没人想找她说话。

"回地球来吧。"她自言自语。她已经有两个星期没有听到那个声音了。显然那只是梦境或幻觉，但她希望它再次出现。能聊上两句的新人，即使他们并不存在。一个思念她、想要她回去的人。

艾比走过来，用手肘轻轻推了推她的手臂。"是你选的吧，那本书？"

"什么？"艾丽斯说。她和艾比提过那家夜店吗？"你怎么知道？"

"从你脸上就能看出来。"

"噢。"

"你为什么不去和他说话呢？"艾比冲着坐在沙发上看平板的埃利亚斯点点头。"我要回房间了。**去和他说话吧。**"艾比微微一笑，露出她整齐洁白的美国式牙齿。艾比的眼睛里并没有笑，但艾丽斯知道她是真心的。

艾比一走，埃利亚斯就抬起头，朝这边走来。艾丽斯克制住逃离房间、逃避和她暗恋了好几个月的男人说话的冲动。直到这时她才发现，她享受的是迷恋本身，而这建立在他们的距离之上。距离感才是关键，现在他要毁了它。

但他一开口："嘿，艾丽斯。"她就感到快乐在她的血管里沸腾了。

"嘿。"她的声音像是别人的——令人尴尬地低沉。她咳嗽了一声。

"谢谢你推荐了这本书。"

"你怎么知道？"

"哦，我不知道。我就是能看出来。"

"不客气。"艾丽斯发现，她从来没有和他真正地、好好地说过话。"你喜欢它，我很开心。我也很喜欢它。"

地球上的某个人正在看，她想。他们可能在嘲笑我的笨拙，嘲笑我痴情的表情。埃利亚斯好笑地看着她。他的眼睛是深棕色的，点缀着金色的斑点。他轻轻地碰了一下她的手臂，这是她多年以来经历过的最美好的事情。触碰的部位漾起了愉悦的涟漪。这种感觉比毒品、音乐、酒精和她怀念的其他东西都要好。

"怎么样？"埃利亚斯歪着头问道。

"可以。"她笑了，"好。"

他开始往门口走，她紧随其后。

走廊里，他们默默走向他居住的 3 号附楼，艾丽斯抬头看了一眼头顶的摄像机。红色的 LED 灯是关掉的。隔了几米，她又抬头看了看下一个摄像机——也是关上的。哈，奇怪。但她转头看着埃利亚斯——他走路时目视前方，目标明确——困惑就被兴奋取代了。他们在 3 号附楼的门口和 L 区刷了手环，在埃利亚斯房间门口又刷了一次。

"下午好,艾丽斯。"塔拉说。

"下午好,塔拉。"艾丽斯说。

"塔拉?"埃利亚斯问。

"是啊,那是她的名字。"

"我都不知道。"

这个房间和艾丽斯的很像,但气味浓重刺鼻,就像男人一样。不过不算难闻。她不知道埃利亚斯的室友是谁。她想知道有没有人,在地球或 Nyx 上,看到他们进了他的房间,可当他将她拉向自己,吻上她的嘴唇时,这个念头就立刻被抛到了脑后。两个人都如释重负地松了口气。这感觉太不真实了。

"你是怎么知道的?"艾丽斯问。

他脱掉她的上衣,吻着她的脖子。"我怎么会不知道?你就像我的小跟踪狂。"

艾丽斯笑了。"啊,好尴尬。"

"时间不多。我室友很快就回来。"

他们分开,飞快脱掉衣服,然后躺在下铺,肌肤相贴。他几乎是立刻就进入了她,有一点痛,但这种痛让她感觉很好。几乎没有接吻,因为接吻也是浪费时间。他迷人的嘴唇大部分时候都停留在她的脖子上,而右手则在她双腿之间。

"我来吧。"艾丽斯说着,移开他的手,因为她比他更擅长。在地球上，她通常很抗拒这么做，担心显得太熟练，但现在这已经不重要了。

他说"好的"，她用自己的手指代替了他的。

几分钟之后，艾丽斯开始呻吟，埃利亚斯说，"嘘——"他的呼吸依然拂在她脖子上。

快到了，快了。埃利亚斯开始呜咽。来了：峰顶，恍惚，海啸般的快感，世界消失了。

但这不是世界，世界远在天外。

艾丽斯面对着金属墙，埃利亚斯在她身后。她想在这里再躺一会儿，感受余韵，但是不行。她转头看着他，他几乎是个陌生人，躲开了她的目光。见鬼，她想，我忘了这有多奇怪了。她站起来穿好衣服。埃利亚斯终于看了她一会儿，但他的眼神失了焦。就好像他根本看不见她。他让她想起了艾比。

"对不起。"他捂着脸说。

"为什么这么说？"她感到内裤被浸湿了。

"我几乎不认识你。"

"这有什么关系？"

埃利亚斯盯着她身后的墙。"对不起。"他又说了一遍。

"不用道歉。"她这才意识到，他希望她离开。"我要走了。有空给我发个信息？"

"他们会看到的。"

"谁？"

埃利亚斯没有回答。他闭上了眼睛。

"好，我走了。"艾丽斯说着，离开了房间，"回见。"

幸福感已经消失了。即使如此，她还是能感觉到大脑中正在形成新的路径，把埃利亚斯从一个人变成一个承诺。那古老的生物学把戏。艾丽斯抬头看看挂在3号附楼入口处的摄像机。LED灯在黑暗的角落里发着红光。她松了一口气。有人在看。她还存在。

第二天，艾丽斯在餐厅里走近埃利亚斯，他躲开了她的目光，离开了房间。泪水在她眼眶中打转，但她眨了几下眼睛，忍住了。地球上有人看见了吗？她在想。有没有人发推特说：哇，真是个混蛋！？他们注意到她沮丧的表情了吗？被拒绝的感觉在这里也是一样的。就像你突然退化成了小孩子，变成了一个什么也不懂的傻瓜。

后来，在卧室的私密空间里，艾丽斯和艾比像少女一样抽丝剥茧地分析了情况。谈话似乎让艾比暂时摆脱了阴郁，但这个话题很快就枯竭了，连艾丽斯自己都厌倦了。埃利亚斯的美丽无可否认，但她对他的感觉就像别的东西的回声。

她们不聊天了，开始沉默地在平板上阅读——扎迪·史密斯的《西北》，读书会的最新书目。这本小说非常鲜活，具有典型的伦敦特色，艾丽斯甚至在电子书页上闻到了家乡的味道：汽车尾气、麻、绝望和炸鸡的味道。有时在阅读中，她会忘记自己不在伦敦，也永远都回不去了。这怎么可能呢？每次她从平板上抬起头，都会感到心碎。

几分钟的沉默后，艾比问："你读到这些一定感觉很奇怪吧，嗯？"

"我不知道能不能读得下去。"

但她会读下去的。她停不下来的。那些乏味的地点和事物——威尔斯登、格德斯绿地、一镑店①、阿拉伯烤肉串——让她渴望得想吐。

"你还好吗？"艾比问。

"还好。"艾丽斯换了个话题，"我可以给你拍张照片吗？发推文。"

"可我看起来糟透了。"

"你永远都不会糟透了。"

"唔……好吧。"

"坐在那里就好，假装在看书。"

艾丽斯站起来，拍了张照片，加上暖色的滤镜。艾比目光低垂，但脸上挂着浅浅的微笑。她深色的长卷发扎了

---

① Poundland，一家平价连锁超市，成立于 1990 年，以几乎所有商品都售价一英镑而著称，一度在全英拥有三百多家门店。

起来,就像菠萝的叶子一样从头上冒出来。在她旁边,窗外是不变的旧风景:永恒的早上八点的太阳、粉色的沙子、遥远的靛蓝湖泊。

艾比在阅读我们最新的书目,#扎迪·史密斯 的 #《西北》。你们读过吗?觉得怎么样? 📚#Nyx 读书会 #bookstagram #生活在 Nyx #艾丽斯·科恩

人们可能在会下面评论,说他们喜欢或不喜欢这本书,推荐他们认为 Nyx 人会喜欢的其他书,说艾比的头发很漂亮,她是他们最喜爱的 Nyx 人之一。艾丽斯看不见评论,但她仍然可以在推文里提问。这是她从以前的工作中学到的。人们喜欢有人问自己的意见,即使没有人想听他们的答案。艾丽斯曾在自由公司的社交媒体 pre 里提过这一点。她所有的同事都笑了,仿佛他们比这些人更加优越。

## 24
## 还有这些事物

草地。天鹅。春天的小天鹅。艾丽斯上一次听到小天鹅这个词还是莫娜提醒她的,当时她们在池塘里游泳。

莫娜的红棕色卷发。莫娜心情不好,默默地吃着晚餐。莫娜的大拇指穿过卫衣袖子上的洞。莫娜戴着金属框的眼镜,还有可爱的小鼻子。莫娜出生的时候,艾丽斯十五岁——她太老了,没办法做她的朋友,又太年轻,还不能欣赏婴儿的可爱,她一心只想快点上大学,离开家。她几乎不了解莫娜——她们不像大部分姐妹一样了解彼此——但她本能地爱着莫娜,胜过爱地球上的任何人。莫娜穿着内衣在池塘中游泳,因为水太冷而大笑。

有时候,艾丽斯试着想象莫娜现在的样子。她极少看自己带到 Nyx 的照片,是莫娜和埃莉诺的合影,但她可以清晰地描绘出照片上的场景。图夫尼尔公园的花园。草坪上金色的阳光。莫娜孩子气的洁白牙齿。她们的母亲精致又美丽。

莫娜现在应该没有婴儿肥了。也许她染了头发,或者拉直了,剪短了,艾丽斯在街上都认不出她了。

还有什么,还有什么?想想别的。

知更鸟。喜鹊。麻雀。鹅。鸭子。

飞过荒野的长尾鹦鹉,它们高声的尖叫。艾丽斯小时候几乎没见过它们——这些异域的浅绿色鸟儿,生活在伦敦市中心,几乎成了都市传说。她离开地球的时候,它们已经到处都是,遍布全伦敦。关于它们的来源有好几种说法:它们也许是逃跑宠物的后代,也许是吉米·亨德里克斯在卡纳比街放出来的[1],也许是拍电影留下的[2],也许是从非洲和亚洲一路飞来的,为了寻找更温和的气候。

---

[1] 1968 年,摇滚明星吉米·亨德里克斯拿着鸟笼在卡纳比街放出了一对繁殖用的环颈鹦鹉,此后一直有传言称这是英国野生鹦鹉的来源。
[2] 1951 年,电影《非洲女王号》在伦敦拍摄,传言因热带场景拍摄需要,工作人员带了一群鹦鹉到片场,但鹦鹉不知何时逃走了。

显然，Nyx 上也有动物——很小——但没人见过它们。它们住在别处，离中枢很远。

她甚至怀念起了鸽子。

狐狸。

公园里跑在主人前面的狗。她再也见不到一只狗了，连狗的照片也见不到了。

荒野。摄政公园。斯普林菲尔德公园。海德公园。哈克尼湿地。沃尔瑟姆斯托湿地。托特纳姆湿地。

口红。粉底。腮红。新衣服。

不过，她并不想念身体脱毛——真是件苦差事。第二年他们没有剃刀用了，但她早在那之前就不用了。所有 Nyx 人的毛发都很旺盛，无论男女。艾丽斯的双腿覆着一层暗色的细毛，她的阴毛也很浓密。这让她感到温暖又舒适。夏娃一定就是这个样子。

## 25
## 平安夜

接下来的几周里,艾丽斯的情绪从轻度恐惧变成了重度恶心,就像一场挥之不去的宿醉。她在马桶旁干呕,但什么也吐不出来。晚上,灯一关她就昏睡过去——甜蜜而沉重的睡眠。她没把恶心的事告诉别人。她连艾比都没说,而艾比最近也越发疏离和古怪了,就像她想从自己的生活中删去自己一样。吃饭时,她很少说话。大多数早晨,艾丽斯爬到下铺时,艾比就站起来走了出去。有时她会说些什么,比如:

"我要去洗手间。"

"我要去洗澡。"

"我和人有约。"

不过,通常她在艾丽斯醒来前就已经离开了房间。她觉得自己需要关爱,就像一个没人要的小孩。

一天晚上，她们躺在床上，艾丽斯问："你还好吗？"遮光帘已经放下，很快就要熄灯了。

"我还好吗？"艾比慢慢地说，好像她也在问自己同样的问题。

"你不像——"灯灭了。房间里一片漆黑，艾丽斯看不见自己的手，但仍然能听到中枢的嗡嗡声，那些神秘的过程。"你不像你自己了。"她说。

艾比没有回答。嗡嗡声似乎更响了。艾丽斯希望自己有副耳塞。她的眼睛适应了黑暗。她在床上坐起来，用手肘支撑着身体。她转过头，看到一道微弱的光线勾勒出窗户的边缘。永恒的光线，永恒的嗡嗡声。她的皮肤因为尴尬而发麻。她讨厌艰难的谈话。在这一点上，她和她母亲很像。

"抱歉，"她说，"在黑暗里说这种话是有点蠢。"没有回答。"艾比？"

艾丽斯听见一阵急促的吸气声。在地球上，她会沿着梯子爬下去，打开灯，谈谈这件事，但她没法打开灯——这不在她的控制范围内。

"我就是有点——"艾比的声音哽在了喉咙里，"我厌倦了这一切。晚安。"她听起来像个陌生人。

艾丽斯半夜醒来。房间里仍然一片黑暗。有那么几分钟,她听着艾比缓慢沉重的呼吸和嗡嗡声。她又睡着了,房间里的黑暗更浓更黑了,嗡嗡声消失了,留下一片沉寂。

一个女声,明亮而柔和,打破了寂静。"平安夜,圣善夜。"她在艾丽斯耳边唱着。

艾丽斯睁开了双眼。"艾比?"她轻声问。

唱歌的人不是艾比,她继续唱道:"万暗中,光华射……"

艾丽斯感觉有呼吸飘过她的脸,她甚至可以闻到她青草味洗发水淡淡的清香,却看不见她的脸。

"照着圣母,也照着圣婴……"

艾丽斯想起多年前地球上的圣诞节,在她父亲死后。

"多少慈祥,也多少天真……"

母亲出现在门口,穿着白色棉布睡袍。长长的金色辫子在走廊的灯光下闪闪发光,宛如阳光下的麦穗。她走过来,跪在艾丽斯身边,继续唱着歌,直到她睡着。她的呼吸又酸又甜,就像热牛奶。艾丽斯的记忆里,母亲没有做过这样的事。

她的眼皮十分沉重。歌声还在继续:

"静享天赐安眠,

静享天赐安眠。"


我只是在做梦而已,她想。

艾丽斯在鸟鸣闹钟之前醒来。遮光帘已经升起了一半。对黎明拙劣的模仿。她看向下铺，那里是空的——艾比已经离开了房间——于是她继续在床上躺了一会儿，读着平板。几分钟后，她走神了，开始自拍。在照片里，她的脸色灰暗，眼周有细纹，会越来越深。她还算年轻，但她的皮肤已经失去了真正年轻时毫不费力的光泽。三十五？她想。不，我三十六了。很容易忘记。恶心的感觉来了又去，接着又来了。她喉咙深处有一股浓烈的酸味，她开始作呕。艾丽斯吞了吞口水，闭上眼睛，小口喝着水瓶里的水，但这太多了，也太晚了。她将头探出床边，一阵呕吐物倾泻而下，落在地板上。**啪嗒啪嗒**。她又躺了几分钟，感觉好多了。

艾丽斯起床用毛巾擦净了呕吐物，在去吃早餐的路上扔进了洗衣房。艾比坐在他们的桌子旁。埃利亚斯坐在另一张桌子旁，在餐厅的另一边。

"嘿。"艾比说。

"早上好。"

艾丽斯坐下开始吃东西。面包和蛋白酱吃起来像霉菌、屎、呕吐物，以及其他糟糕的东西，她把它推到一边。她看向独自吃早餐的埃利亚斯。他专注于自己的食物，仿佛它相当复杂而有趣——是烤龙虾，而不是一片难吃的面包。

"你没事吧?"艾比问。

他不愿意跟我说话,艾丽斯本想说。他为什么不愿意跟我说话?但她不能在摄像机前这么说。每个人都会看到。

"还好,你呢?"

艾比盯着艾丽斯。"我他妈好极了。"

## 26
## 事 物

艾丽斯一点也不想念自己的工作。绝无可能。

美味的黑巧克力。难吃的牛奶巧克力。普通的巧克力。

肉的味道。具体来说,是三分熟的牛排,滴着咸咸的血,配上经过三道工序的薯片,她会蘸着蛋黄酱吃。也许再配一点蔬菜沙拉。天哪,为了一块该死的牛排,她什么都愿意做。

在伦敦的地铁或公交车上,等着到站。被动地被车载着,从一地到另一地。一个人,但周围都是陌生人。

好吧,有时她也很想念工作。渴望让她猝不及防,她渴望坐在办公桌前的那些静止的时光，盯着屏幕，不说话；渴望在会议中走神，想着性爱；渴望记下她永远也不会看的笔记；渴望周五晚上关掉电脑的那一刻，已经感到胸口泛起了酒精的红晕。

## 27
### 醒醒!

艾丽斯在打扫卫生间时走神了。但随后她听到斯特拉提到了**埃利亚斯**,她的胃里一阵翻腾。有各种各样的传言。埃利亚斯失踪了。

"我们已经两天没在厨房见过他了。"斯特拉说,"他也没有回房间。人们都在说闲话。"她双手一摊,"这说不通啊。"

"哦,不。"裕子说,"这种事以前发生过吗?"

艾丽斯一言不发。她害怕自己一旦开口,声音和举止就会暴露一切。

"有一次我找不到伊丽莎白了。"斯特拉说,"后来发现她躺在我们的床底下。"她笑了。"躺了**整整三天**!"她的眼睛湿润了,不知是笑得,还是别的什么。她用手抹了抹眼睛。

"哇。太疯狂了。"

艾丽斯咽了口唾沫,问:"她在那里干吗呢?"

"她遭遇了某种危机。我猜她想一个人待一会儿,哪怕就一次。她待在那儿不出声,也不吃东西。也许我不在房间时她会起来走走。她喝了些水。那时候汉斯刚过世不久。她太难过了。"

"我从来没有听过这件事。"

"我也没有。"裕子说。

"这件事他们守口如瓶。有时人只是需要一点空间。我确实也需要。"

"她现在没事吧?"裕子问。

"我也不知道。"斯特拉耸耸肩,"还好。"

是啊,也许埃利亚斯找到了一个藏身之处,只是想休息一下。如果是艾丽斯找到了一个这样的地方,她也会这么做的。

"希望他们能找到他。"她一边拖地一边说。

"我也希望,"斯特拉说,"他太可爱了,埃利亚斯。"

"对啊,真的很可爱!"裕子咯咯地笑起来。

艾丽斯的胃发出咕的一声。我会吐吗?她想。不,那只是对腹中无助的小东西的恐惧和爱,交织在一起,难以区分。

＊

一周后，鸟鸣闹钟响起后的五分钟，广播里传来一则通知——说话的人不是诺曼，而是彼得，**中枢**的首席技术官。艾丽斯不知道他长什么样，但他的口音是美式的。和许多高层技术人员一样，他大部分时间都待在控制人员宿舍里，远离摄像机。

"我很遗憾地通知大家，"他说，"我们的朋友埃利亚斯·哈达德，一位非常特别的 Nyx 社群成员，已经去世了。"他的嗓音低沉悲伤，就像政治家说起一场悲剧。

艾丽斯和艾比还在床上，同时说道："什么？！"

"埃利亚斯逃出了**中枢**，在大气中窒息而死。"彼得说，"幸好一切都发生在几秒之间，他没有遭受太多的痛苦。我很抱歉告诉大家这个不幸的消息。如果你想与埃利亚斯告别，现在请到餐厅来。"

餐厅里，没有早餐。没有悼念仪式。没有人发表演讲。彼得没有露面。诺曼也没有。只有埃利亚斯的尸体躺在桌子上，像木乃伊一般裹着白布，只露出他那可爱的脸庞。人们哭泣着，叫喊着，怨愤地低语着。很多人走了出去。这是对 Nyx 人无声的警告：待在室内，否则必死无疑。这个场景没有出现在电视或网上。直播暂停了一个小时，取而代之的是一则埃利亚斯的讣告。

艾丽斯从未见过尸体,更不用说和她发生过关系的尸体了。据她所知,她以前的恋人都还活着,但她当然不能确定。她记得在电视上看过一部野生动物纪录片,一头死去的小象被朋友和家人以绝望的温情轻轻戳着。醒醒,小家伙,它们似乎在用象语尖叫,醒醒!艾丽斯想抚摸埃利亚斯,她想把他摇醒。她想用手指梳理他闪亮的黑发,闻闻他头顶的气味。她想用指尖拨一拨他长长的睫毛,轻抚他参差的胡须。但人们会评判她。他们会认为她是个怪人,她不是他的母亲、姐妹或伴侣,却带着那样的爱意抚摸一具尸体。埃利亚斯的尸体已经失去了灵魂,似乎既被珍惜着,又被诅咒着。

她精神恍惚。专心点,专心点。埃利亚斯已经死了,她心想。他已经死了。这是真的。她望着他。他看起来只是睡着了,尽管他的皮肤有一种不自然的苍白光泽。这似乎是个玩笑。这个毫无生气的物件不是埃利亚斯。这是他的空壳。他在别处。艾丽斯的嘴角几乎要咧开一个笑容,但没什么好笑的,一点都没有。她用双手捂住脸,直到感觉过去。

后来,地球在看着时,Nyx 人又聚在餐厅里。这一次,埃利亚斯的脸被遮住了。肖恩做了简短的演讲——原来埃利亚斯的室友就是他。艾丽斯对此一无所知。她一点也不了解他。所有的女人都哭了。有几个男人也哭了，但更加内敛。他们真幸运，艾丽斯想，能够如此克制。大多数时候她并没有思考。她甚至没有听演讲。演讲听上去只是一团混乱的词语，仿佛是从另一个房间传来的。她近乎发狂，痛不欲生，她哭泣并不只是为了埃利亚斯，这个她不了解的男人，她腹中孩子的父亲。

艾丽斯想象着地球上数百万人在网上看他们的直播，眼中含着情感宣泄的泪水。为另一颗星球上的英俊男人而哭泣，比为他们自己哭泣容易得多。也许他的名字成了推特的热门话题。在加州的圣迭戈，埃利亚斯的父母可能也在看直播，在亲人的围绕下泣不成声。他的母亲一定会注意到艾丽斯，蹲在餐厅里，捂着满是眼泪的脸。

"那个傻姑娘是谁？"她喊道，"为什么要为我的宝贝掉眼泪？"

## 28
## 事 物

蒙蒙细雨。普通的雨。瓢泼大雨。从天而降,沾湿她的头发,浸透她的衣衫,让万物生长。

埃利亚斯葬礼的第二天下雨了,但艾丽斯的皮肤感受不到雨水。她躺在床上,听雨滴敲打窗户。声音和在伦敦一模一样。

月亮。它总是那样让人安心。它一直在那里:圆圆的,白白的,有时盈,有时亏。

莫娜。莫娜。莫娜。莫娜。

## 29
## 所有这些渴望

艾比扬起头,眯着眼睛看着艾丽斯。

"我能问你个问题吗?"她说。

艾丽斯从平板上抬起头。"当然。"

"你为什么来这儿?"

"嗯?"

这是周日晚上。她们躺在下铺,头脚相对。埃利亚斯去世以来,已经过去了一个月。艾丽斯的肚子开始隆起,但藏在了宽松的衣服下面。地球的北半球正值盛夏——八月。那些甜美而缓慢的时光,似乎什么都没有发生。

"什么人才会搬去另一个该死的星球啊?"

艾丽斯摇摇头。"这个问题我们已经讨论过无数次了。"

"是啊,但我们说的是真话吗?别老说哦,我觉得这对人类来说是很好的机会之类的鬼话了。"

艾丽斯什么也没说。她有许多事情没有告诉艾比。艾比也有事情没有告诉她。

"你那时是不是非常不开心?"艾比问,"因为我就是。"

"是的。"艾丽斯感到泪水涌上了眼眶。她眨了几下眼睛,张开了嘴,但什么也说不出来。

"什么?"

她挪去床头,在艾比耳边轻声说,因为只有这样她才能确定不会有别人听见:"曾经有一次,我尝试过自杀。"

"啊。"艾比伸出一只手臂,搂住她,"什么时候的事?"

"那是……妈的,都是二十年前的事了。感觉上没有这么久。"

"不过为什么呢?你为什么要这么做?"

艾丽斯环顾整个房间。"我——我不能说。"

"是啊,老大哥在看着。你可以下次再告诉我。"她低声加了一句,"等我们出去了。"

**"等我们出去了?"**

"我找到了一条出去的路。"

艾丽斯又看了看房间里,确认她什么也没有漏掉。她能感觉到心脏在全身跳动。她的喉咙忽然有些发堵。几周以来,艾比的眼神第一次出现了焦点。她的目光十分坚定。

"那不可能。我们回不去——你知道的。"

"我说的不是回去。我说的是**离开**。我打扫的时候在控制室里发现了一扇窗户。"她悄声说，嘴唇几乎不动，脸上也没有表情。

"窗户？"

艾比点点头。"一扇玻璃窗，在控制面板底下。它有个把手。我打开了一条缝，就一会儿。我能感受到微风。"

"不会吧。"艾丽斯坐直了身子。她从地球离开之后，就再也没有打开过一扇窗了。他们都没有。"你以前怎么没发现？"

"那个地方很隐蔽。我的戒指从口袋里掉出来，滚到了桌子下面。我跪在地上找，在控制面板底下爬了很远，直到没路可走。天哪，那里太恶心了。遍地的灰尘，还有死虫子——巨大的蓝色苍蝇。我以前从来没见过。我身上全是粪便。"

"真恶心。"

"我找到了戒指，但接着就发现——"艾比顿了一下，压低声音，"就在最里面，左边，有一条通道。我爬了进去，通道尽头有一扇窗户。"

"天哪。"

"我要离开中枢。"

艾丽斯感受到胃中那熟悉的痉挛，像埃利亚斯失踪时一样。她因为疼痛而小声呻吟起来。

"你没事吧？"艾比问。

"但你会死的。"

"有人觉得这一切都是假的,就像是《楚门的世界》。也许我们还在地球上。"

"你相信吗?埃利亚斯已经死了。这是真的。"

艾比坐起来,把手臂伸过头顶,做出一个虚假的放松姿势,又躺回艾丽斯身边。

"这是自杀。"艾丽斯能感受到嘴边艾比浓郁温热的呼吸,仿佛她们是恋人,马上就要接吻。

"我不能待在这儿了。我待不下去了,艾丽斯。"

她们的呼吸飘进对方嘴里。艾丽斯抚摸着艾比的脸,仔细打量着她的雀斑,她棕色的大眼睛——努力记住它们,留在脑海中。七年来,她们每夜都睡在这个房间。她们一起吃了每顿难以下咽的饭菜。她们听着对方在黑暗中自慰,假装听不见。

"和我一起来吧。"艾比说,"我们一起走。"

"我做不到。"

"你想下半辈子都这样活着吗?可能还有五十年。五十年里,让别人告诉你该做什么,什么时候吃饭,什么时候上床睡觉。"

"这是我们自己选的。"

"我知道,但我们为什么要这么选呢?我甚至都不记得了。"

★

艾丽斯醒来的时候又觉得恶心。她急着下床，从上铺直接跳了下去，笨拙地落在了地上。

"噢，"她轻声说，"该死。"

黑暗中，她一瘸一拐地走到卫生间，在马桶里吐了。周围空无一人——现在还太早了。如果她还在地球，太阳甚至还没有升起。艾比一直没醒。后来，艾丽斯爬回上铺，感到虚弱无力。我知道什么会让我感觉好一点，她想。吹在脸上的微风。肺中灌满新鲜空气。她把这些加入她想念的事物清单：风。空气。她还记得多年前在地球上的一个周末，她和埃迪之前的那个前男友一起去了伊斯特本。一天晚上，他们走在海边的路上，从酒吧走回民宿，风呜呜地吹，把艾丽斯的头发吹得高高竖起。两个人都笑了，尽管他们被大雨淋成了落汤鸡。他们一进到室内，进到温暖干燥的房间，就脱掉湿衣服上了床。他的名字叫萨姆。他们在一起只有六个月。她几乎已经忘了他。

艾丽斯什么都愿意做，只为一丝轻柔的微风，就像打开克拉普顿的卧室窗户，轻拂过她脸庞的那阵。她愿意付出任何代价，只为看一眼窗外那棵树，每年春天开满花朵的那棵。天啊，她想。所有这些对不可企及的事物的渴望。

她睁着眼睛躺在黑暗中,听着艾比沉重的呼吸。

"不要走。"她轻轻地说,"请不要离开我。"

睡梦中,艾比说:"嘘——"

# 30
## 人们还关心金·卡戴珊吗？

房间里空荡荡的，只有一把塑料椅和墙上的大屏幕，现在还是黑屏。艾丽斯一个人坐着，焦虑不安地等待着她一年一度的心理健康检查——她唯一一次与地球通话的机会。扬声器发出叮的一声，一个发量惊人的金发女人出现在屏幕上，她的头和肩膀背后是白色的背景。她化着浓妆，穿着蓝色的西装外套。艾丽斯欣喜若狂——她遇见了一个新的人，一个成年人，今年以来还是第一次。

"泥嚎，艾丽斯。"女人说，"我叫蕾切尔·克恩。你好吗？"平缓的美式口音，把 you 说成 yeaow。

"我很好，你呢？"

"我也很好。"蕾切尔用平淡机械的语气回答，"非常感谢你和我聊天。"

"不客气。"

"你能看——看——看见我吗?"蕾切尔的脸僵住了,裂成了碎片和像素。她的嘴变成了一个黑洞。

"看不见,网不太好。"艾丽斯开始数数:"一,二,三……"这是控制室的建议:如果网不好,就待着不动,数到二十。她盯着陌生人定格而扭曲的画面,她在洛杉矶,她在地球上待的最后一个城市。

"……四,五,六……"

那是她第一次去洛杉矶,也是最后一次。去沙漠里的训练营之前,她独自旅行了三天。

"……七,八,九……"

那是她生命中最美好的三天。她尝遍了洛杉矶著名的塔可、热狗和芝士汉堡。她去了威尼斯沙滩,在海里游泳,爱上了高大的棕榈树和朦胧的光线,就像在梦中或广告里。时差让那几天时光显得更加柔和迷离了。

"……十,十一,十二……"

但三天很快就过去了。艾丽斯在酒店门口等出租车来接她,她发觉比起去沙漠,自己更愿意多花几天在洛杉矶四处逛逛。之后,她本可以跳上公交车去另一个城市,再去往下一个,永不停歇。她本可以给 Nyx 公司打电话或发邮件,取消这一切,但是见鬼,这些话太尴尬了,实在难以启齿。她不是半途而废的人。

"……十三,十四——"

像素重新聚合起来。蕾切尔又出现了。

"你能看见我吗?"她问。

"现在可以了。"

艾丽斯也能看见自己在屏幕底部的小窗口里——苍白的脸、灰色的上衣、身后的金属墙。这里的一切都是如此朴素简单,与蕾切尔鲜艳的妆容和丰沛的头发形成了鲜明的对比。

"你感觉怎么样,艾丽斯?"

"我很好。"

"你会怎样描述自己的心情?"

"不错。"艾丽斯揉揉眼睛,"我很累,但感觉还不错。"

她没有说谎。她身上发生了一些变化。她依然想念地球。为了回去依然什么都愿意做。依然想吃三分熟的牛排,想和妹妹去游泳,看月亮和星星,睡在她以前的卧室里,基兰就在近旁。但在这一切渴望之下,出现了一种新的希望和平静的暗流。这显然是不理性的,但并会不折损它带来的美好感受。这只是荷尔蒙在发挥作用吗,帮助她保持健康和活力?早知道会是这种感觉,多年前在地球上她就已经怀孕了。

"你现在感觉怎么样,在 Nyx 上?"

"还好。"艾丽斯太习惯于对自己的情绪状况说谎了,这话自然而然就说出来了。一秒都没有犹豫。"当然,我想念地球上的东西,但我还是很开心自己在这里。"她点点头。

"没有抑郁的想法,也没有自杀意念吗?"

"没有。"

厚厚的妆容下,蕾切尔看起来疲惫而无聊,却出人意料地年轻。艾丽斯想知道她的资质是什么,如果她有的话。她似乎和之前的心理学家不同——不知怎么,她似乎不太专心。

"你睡得好吗?"

"很好。"

蕾切尔低头看着什么——也许是她自己的平板电脑。"自从我们上次与你沟通之后,你的性生活活跃吗?"她照着读出来。

"不。"艾丽斯慢慢地呼出一口气。她想到了裹着白布的埃利亚斯。他紧闭的眼睛和泛蓝的嘴唇。一股沉重压倒了她。她咬着嘴唇来转移注意力。说点什么吧——说点什么都行。

"地球上怎么样?"

蕾切尔皱起眉头。"什么意思?"

"我也不知道。"她耸耸肩,"中东和平了吗?现在英国首相是谁?人们还关心金·卡戴珊吗?"

蕾切尔忍不住笑了。"哇哦。"

"还有，现在流行什么？推特死了吗，就像 MySpace 一样？大家还想做严格素食者吗？"艾丽斯没有说出口，但她暗暗思索着：我的家人还好吗？我母亲有没有因为压抑的悲伤而去世？我的天才妹妹实现她的抱负了吗？重点是，她开心吗？她会想起我吗？

"艾丽斯，"蕾切尔说，"你知道我不能——"

"我知道。不过我可以问问，不是吗？"

"当然。你想说什么都可以。这次谈话是为你准备的。"

"好的。"

"七周年纪念日就快到了，你感觉如何？"

"和前六年好像区别不大。抱歉，我知道这个答案很没意思。"

"没关系。"蕾切尔笑了，"你并不需要有意思，至少在我面前不需要——在观众面前有意思就行。"

"我听说他们也没什么兴趣了。"艾丽斯说。她的心跳震耳欲聋。她无意中说出了这句话。她本来没想这么说的。"我是说，那只是传言而已。"

蕾切尔摇了摇头。"我不能和你谈论这些。"

"是的，我知道。"艾丽斯凑近屏幕，尝试研究蕾切尔的脸。连接不太顺畅。她的五官有些模糊。"我明白了。人们看了我们好几年。他们厌倦了。"

"唔……"蕾切尔低头看着笔记，用滑稽的高音念了出来,"如果你能回到过去,你还会离开地球去 Nyx 上生活吗?"

"这里有点单调,但我在地球上并不开心。"

"真的吗?为什么?"

"我特别抑郁。"艾丽斯闭上眼睛。她本没有打算说这些,但有什么关系呢——现在她怀孕了,现在也没人在看。她睁开眼睛时,蕾切尔从屏幕上望着她,眨着眼睛,脸上表情复杂。"我讨厌我自己。我讨厌我的生活。所以我来了这里。"

"所以你申请时撒谎了?"

"是的。"

蕾切尔深吸一口气,用手指梳了梳头发。艾丽斯注意到她头皮的下半部分剃光了,上面文着漩涡图案。这与她电视主持人风格的着装不太搭。显然,时尚在往前走。艾丽斯已经不能理解它了。

"你能详细说说吗。"蕾切尔说。

"我只是难过。没什么特别的。我一直都是那样的。"

"你寻求帮助了吗?"

"没有,我觉得自己可以处理。"

"你为什么这样想?"

"我不知道。也许是因为我妈妈。她总是一个人担下所有事情。她不喜欢谈困难的事情。即使是我决定来这里这件事——我们也几乎没有谈过。谁知道呢,也许她每天都在直播上看着我吧。"

"但是直播已经停了。"

"什么?"艾丽斯突然感到一阵寒意。恶心的感觉又回来了。"没有直播了?"

"哦,天啊。"蕾切尔用手捂住嘴,"一时口快。我不应该跟你说这个的。对不起。"

"直播不再继续了吗?"

"我不能谈这个话题。"

"那电视节目呢?还在播吗?"

"我什么也不能说。"

"我们会被取消吗?"

蕾切尔看向自己的左侧。"你好。"她向镜头外的某人说,"我马上就来。"她转过身。"我得走了。非常感谢你与我聊天。"

"拜托,你不能只告诉我这个,别的什么都不说。直播是什么时候停的?很久以前吗?"

蕾切尔盯着摄像机。"我得走了。"她的眼睛睁得大大的,显得很焦虑。她向前伸出一只手,随即,屏幕变为了空白。

直播的念想一直是艾丽斯的安慰,就像上帝是别人的安慰一样——知道总有人在某处一直看着。她决定不告诉艾比，至少现在不行。她不想失去她。

## 31
## 没有人在看了

一天晚上,吃晚饭时,艾比咬了咬大拇指。拉夫点了点头,而维托尔假装没注意。艾丽斯心中一紧,但她什么也没说。他们吃完最后几口难嚼的素肉,把餐盘放回柜台,走去艾比和艾丽斯的房间。

"晚上好,拉温德和维托尔。"塔拉说。

"我找到了一条出去的路。"

"艾比。"艾丽斯说。

"出去的路?"拉夫问。

"回地球?"维托尔问,眼中满是希望和怀疑。

"不,是离开中枢的路。"艾比看了一眼窗户。外面,一切都是静止的粉红色。"我要走了。"

维托尔的脸皱了起来。他将手指按在眼睛上。"这话是什么意思?你要自杀吗,艾比?"

她耸了耸肩。"那也不一定。我要走了。我觉得应该告诉你们，万一你们有人想和我一起走呢。艾丽斯不愿意，所以——"

"你想要什么，自杀协议？"拉夫问。

"我不在乎了。"

艾丽斯想告诉他们直播停了，没有人在看了，但她害怕他们会做出什么举动。这可能会让他们崩溃。如果 Nyx 人在地球上不存在，他们可能根本就不存在了。

"别算上我。"拉夫举起双手。

"你认真的吗？你还没腻吗？"

"腻和自杀是两码事。"

"我不知道。"维托尔平静地说，"也许值得冒个险。我和你一起走。"

"你是认真的吗，维？"拉夫问。

艾丽斯将一只手放在腹部。那里坚实而温暖，有全新的纯净生命散发出的热度。他们谁也没有注意到她隆起的腹部。

"艾丽斯？"维托尔问。

她摇了摇头。"不，我不想死。我……"她没有能把话说完。她本想告诉他们她的身体已经不是自己的了，但保守秘密、一个人拥有宝宝的感觉很好。这是只属于她一个人的东西。

艾丽斯和艾比钻进被子，抱住了彼此。她们呼吸着汗水、皮肤和脏头发的气味。这种味道抚慰了她们，就像孩子们嗅着最喜欢的旧玩具。

"这是我们自己选的。"艾比说，"怪不了别人。"

艾丽斯感到泪水滴在她的头上，流到她的头发上，然后是她的头皮，湿湿痒痒的。

"我想我丈夫。"

"他一定也很想你。"

"我猜他肯定几年前就再婚了。他可能都有孩子、狗和房子了——我们就快拥有这一切了。我到底是怎么回事？我为什么不想要这些东西？他是那么好的一个人。"

"不想要这些东西就也还 OK。"

"中途退出你自己的生活就不 OK 了。这样不 OK。我们是坏人。"

"嘘——"艾丽斯轻抚着艾比的头。不过，她也并不反对。

"我要失去理智了。我要失心疯了。"

做那个没有失去希望的人，感觉很奇怪——一种全新的感觉。艾丽斯喜欢这种感觉。这让她觉得自己很坚强。她紧紧地抱着艾比。她希望她们的身体紧紧贴在一起，变成一个整体，起伏、呼吸着的一团：艾丽斯、艾比和宝宝。

或许这样她们就能活下来了。

"你不要走。"她说,"我需要你。"

艾比没有回答。艾丽斯记得自己是怎样和家人站在伦敦市中心的街道上,等着母亲说出这句话的。

## 32
## 还有人在看

艾丽斯梦见她和埃莉诺、杰克和莫娜一起做早餐，在他们位于图夫尼尔公园的家里。杰克和莫娜还是艾丽斯离开地球时的年纪，但埃莉诺要更年轻——甚至比艾丽斯还年轻——她的皮肤是蜜桃色，留着长辫子。她穿着给艾丽斯唱《平安夜》时一样的白色棉布睡袍，不断伸出手来轻轻地拍拍她，安抚她。不知为什么，感觉比母亲年纪更大是很自然的一件事。

四个人一起烤面包，抹黄油，煎培根，煮鸡蛋。一切都是慢镜头特写，就像那种色情片一般的烹饪节目，特意拍得让人垂涎欲滴。没有人说话。他们平静地微笑着，享受着彼此的陪伴——比在现实中还要多。空气中满是闻着就饱的培根和鸡蛋的咸香，以及精致的格雷伯爵茶的香气。他们摆好桌子，开始吃早餐。天哪，真是美味。

有人敲着花园的玻璃门——嗒嗒嗒——但艾丽斯转头一看,却没有人。她能听到一个隐约的声音,"艾丽斯……艾丽斯……艾丽斯。"花园完美而安静,绿草如茵,红玫瑰绽放,就像地产手册上电脑合成的花园。

"艾丽斯,"埃莉诺说,"我很高兴你决定回到地球。"

"我也是。"艾丽斯说,她是发自内心的。她环顾餐桌,向每一位家庭成员点着头。真是让人安心。"谢谢你们欢迎我回来。"

"当然,亲爱的。这里永远是你的家。"

"我知道你会回来的。"莫娜一边嚼面包一边说。

外面的花园里,几十只鸟儿飞来飞去,撞在植物上,疯了一样地唱着。闭嘴,艾丽斯想。让我专心享受这片香脆的培根,在舌尖释放盐分,在齿间嘎吱嚼碎。她再次打量着家人们。空气中弥漫着圣诞节的气息。他们很开心,笑容灿烂,脸上泛着红晕——连她母亲平时描图纸一般苍白透明的脸也是如此,但外面阳光明媚,树上还开满花朵。这是冬天还是春天?很难判断。鸟叫声太吵了。艾丽斯用手捂住耳朵。闭嘴,闭嘴,闭嘴。她的家人不见了,厨房里都是鸟儿,拍打着翅膀,撞翻东西,唱着歌。

艾丽斯睁开眼睛。哦,是该死的鸟鸣闹钟。已经死去的动物录制好的声音继续唱着。她看见了金属天花板。嘴里全是口水。她把这些加进清单:培根。鸡蛋。黄油。吐司。茶——她怎么会忘了茶呢？接着她闭上眼睛，将思绪拉回图夫尼尔公园，回到在她舌尖融化的黄油；加了盐的鸡蛋口感柔滑，还滴着热腾腾的金色蛋黄。她年轻美丽的母亲，穿着白色裙子。莫娜。她睁开眼睛。但我在这里，她想。我永远都在这里。今天是星期几？谁知道呢，谁在乎呢。墙壁比往常感觉更近了。梦中的早餐又在她脑中闪回，但她的家人收起了微笑，双颊的红晕消失了，也不快乐了，反倒在刺眼的黄色灯光下做起了怪相，满身大汗，像肥皂剧里的人。艾丽斯笑了，尽管她知道它要来了。她全身的毛发都竖了起来。她的皮肤摸上去冰凉。她的血液、器官和骨头——都知道有人在看着。不是地球上的某个人，而是在这里，Nyx 上。已经过去了很久，但它还是来了。

滚开，她想。我再也不需要你了。

她试着转移注意力，想象莫娜现在会是什么样子。她的父母，她多少能想象——胖了一点，头发白了一点，行动慢了一点——但她无法想象莫娜。从十四岁到二十一岁，人的变化很大。他们开始成为自己。她也许已经大学毕业了。或是叛逆了，干脆不上大学了？不太可能。她恋爱了吗？她喜欢女人还是男人，还是都喜欢，都不喜欢？她还恨我吗？她的生活过得怎么样？这毫无意义，艾丽斯想，用手擦了擦眼睛。

"早安，阿比。"她说。

艾比没有回答。

"还在睡吗？"

一片沉默。艾丽斯将身体探出床沿，向下铺望去，艾比不在那里。她一定去卫生间了。她的灰色毯子堆成一团，上面放着什么东西。一张对折的纸？她沿着梯子爬下去，把它拿起来展开。是艾比和她的丈夫乔结婚那天的照片。听她说了那么多年，终于看到了乔的脸，这感觉有些奇怪。艾丽斯意识到自己对他一无所知。他是个陌生人——体格健壮，头发是棕色的，肤色苍白，目光和善。他穿着黑西装，头戴犹太小圆帽。艾比更好认——年轻几岁，身材更丰满，肤色更深也更开心，穿着一条端庄的白色长裙，袖口上有蕾丝。两个人开心极了，笑容满面，露出美国式的牙齿。照片上满是折痕。

艾丽斯又等了几分钟，但肚子已经在咕咕叫了，于是她去了餐厅。一个人走在路上有些难为情，就像学校里没有朋友的小孩，但幸好拉夫和维托尔已经坐在那里了。

"Bom dia。"她说着，在桌边坐下。

"Bom dia。"维托尔抬起头，"艾比呢？"

"她应该在洗澡。"

他歪了歪头。艾丽斯努力装出若无其事的样子。

"今天早餐吃什么？"

"牛油果酸面包①配烟熏三文鱼。"拉夫说。

"我想也是。"

艾丽斯走到柜台，带回了日常的早餐：一片涂着蛋白酱的面包，加一只小小软软的梨。这让她很开心——他们很久没有吃过梨了。她回到桌旁，维托尔抬起头，撞上她的目光又移开视线，看上去疲惫不堪。他的眼睛布满血丝，周围是有皱纹的蜡黄色皮肤。他站了起来。

"我一会儿能去找你吗？"艾丽斯问，"我有一个医学方面的问题想问。"

"可以，我一整天都在。"

他离开了餐厅。拉夫紧随其后。艾丽斯一个人吃着饭，将梨留到最后。她向房间另一头的斯特拉招了招手，然后拿起平板给艾比发了一条信息：

嘿。你在哪里？

等待回复时，她咬了一口梨。甜美醇熟的滋味让她猝不及防。有一瞬间，她忘记了艾比。妈的，她想，我在地球上没怎么吃过梨。我应该每天都吃一个。她又咬了一口，

---

① Sourdough，又称酸面团面包，指用野生乳酸菌和酵母使面团发酵制成的面包，酸味来自发酵产生的乳酸。

闭上眼睛，让梨在舌尖融化，再吞下甜丝丝的果肉。她想起了艾比，静静地数到二十，希望她数完之后回复就会出现。但回复没有出现。她吃完了梨。

艾丽斯沿着中枢散步，望向窗外——卧室里，餐厅里，起居室里，走廊里。如果艾比逃走了，在大气中窒息，她的尸体应该就在外面，在沙地上。但她不在那里。也许他们在有人发现之前就把她移走了。他们。也许她屏住呼吸，向远方奔去，直到消失在视野中。这可能吗？艾丽斯想象艾比全力奔跑，她的赤脚将沙子甩向空中，发丝飞扬，肺好像快要炸开。自由。接着，多年以来第一次，她想起了体操运动员埃拉·威廉斯，她从伦敦的一栋高楼上俯冲而下，就像一只狂野而奇异的鸟。

去值班的路上，马娅抱着一箱清洁用品，在走廊里拦住了艾丽斯。她睁大眼睛，有点手足无措。

"你见到艾比了吗？"她问。

"没有。你没见到她吗？"

"她没有来值班。"

"是啊，我也不知道她在哪里。"我的语气太冷静了，艾丽斯想。我应该惊慌失措。这只是荷尔蒙的原因，希望和平静在欺骗她。

"好吧，谢谢。"马娅说，"我得走了。"她匆匆走开了，艰难地抱着沉重的箱子。

艾比会不辞而别吗？艾丽斯想。不会的。

值班的大部分时间，艾丽斯没提艾比。摄像机会录下来的。她和裕子跪在地上清扫餐厅，用旧运动衫上剪下来的快解体的碎布。她们在膝盖上缠了碎布来减轻痛楚，但还是很疼，就像老妇人一样。清洁抹布很脏，所以没有什么东西是真正干净的。污垢被挪来挪去，移到别的地方，积在黑暗的角落里，没人看得见。她们的双手沾满了污垢。每隔几分钟，她们就站起来拉伸，嘴里咕哝着。斯特拉年纪大，负责最轻松的工作——擦桌子、柜台和椅子。今天，诺玛不在场，她和父亲在一起。

艾丽斯伸展四肢时，第一次觉得腹中的宝宝动了一下——一阵轻微的、芭蕾般轻柔的扭动——她在惊讶之下叫了出来。

"你没事吧？"斯特拉问。

"没事。"艾丽斯意识到自己正摸着肚子，立刻放下了手——这会泄露她的秘密。"我，呃，撞到了手肘。"她不太可信地揉着右臂。她们继续工作。

五分钟后，斯特拉悄声说："看那个。"

"什么？"裕子在房间另一头喊道。

"嘘！"斯特拉示意她们走到她所在的柜台边，向房间一角靠近天花板的位置点点头。"看,"她小声说,"那个摄像机没在拍。"机器的 LED 灯是关着的。本应闪着红灯的地方现在是黑的。"那个也是。"斯特拉指着旁边的摄像机说。

"我也发现了几台。"裕子说,"在走廊和起居室。"

"我们为什么这么小声?如果摄像机坏了,那麦克风可能也坏了。"

"我也不知道,"艾丽斯说,"但一大声说话我就很不自在。"

另外两人轻轻地笑了表示同意。

在其中一个洗手间里,她们可以更自由地谈话。几分钟内,她们三个就在地板上坐下,背靠着墙,一边休息一边聊天。打扫卫生总是很累,但随着她们年龄的增长,情况越来越糟,她们的肌肉因为营养不良萎缩了,抹布脱线了,清洁用品也快过期了。让污垢滋生蔓延更容易,让它腐烂发臭,毁掉中枢。无论如何,艾丽斯就是这么想的。

她告诉她们直播停了,她们睁大了眼睛,但也不算特别惊讶,还有几分厌烦。

"这一切的结束就只是时间问题。"斯特拉说着,揉着她那张倦怠的、长了斑点的脸,"好吧,过程还是挺有趣的。"

"是吗?"艾丽斯问。

"也许算不上有趣，"她承认，"但确实不一样。我不后悔，你们呢？"

她们没有回答。裕子表情痛苦，而艾丽斯的后悔过于庞大骇人，难以面对。最好把它推开，掩盖起来，让它变小，变得可控。

"我觉得艾比可能离开了中枢。"她说，"我认为她已经死了。"

"不！"裕子说着，向她伸出手。"为什么？"

"我一整天都没看见她。她也没回我的信息。"

"艾比不会这么做的，不是吗？"

"会的，我觉得她会。"

"也很难说。"斯特拉说，"她也许就藏在什么地方，就像伊丽莎白那样。"

"是啊，我也这么想。"

艾丽斯和裕子站起来继续清扫。艾丽斯动起来时，能听见自己的骨头嘎吱作响地抗议。

"姑娘们，如果你们不介意，"斯特拉说，"我想再待一会儿。我太累了。"

"我们当然不介意。"裕子说。

淋浴间里的头发太长了。颜色各异的线织成了蛛网，艾丽斯徒手把它搓成一个小球。这在地球上会让她恶心，但在这里她却毫不在意。其实，手感还挺舒服的——柔软而有弹性。她站起来,把小球丢进垃圾桶。

"如果她不回来怎么办?"她问,"如果她永远消失了怎么办?"

"但她还能去哪里呢?"斯特拉问。

"外面。"艾丽斯指着窗户。柔软的金色阳光照在粉色的沙子上。"外面究竟是什么,我们真的知道吗?"

"死亡。"斯特拉说。

"的确。"

"但你猜怎么着?"她接着说,"死得快比死得慢要强一点。"

三个女人一致认为,她们今天完成了任务,即使浴室只比之前干净了一点点。空气中隐约有些陈年尿骚味,但没关系——每个人都习惯了。艾丽斯因为疲劳而垂下眼睛。她想打个漫长酣沉的盹儿,梦见地球,逃离这颗星球一两个小时,但她得先去见维托尔。

她们走出洗手间时,斯特拉对她说:"你真好看,艾丽斯。你在发光。"她的蓝眼睛清澈明亮,但深处也有悲伤——有些东西是藏不住的。

"谢谢。"

宝宝用乐观和爱让艾丽斯长胖了一些,尽管她其实正在挨饿。她本能地把手放在腹部。斯特拉没有注意。

维托尔的诊室很小，只有两把椅子、一个洗手池和一张床垫很薄的床。没有电脑，也没有打印处方的打印机。药品全从地板上一个大塑料箱子里往外分发，艾丽斯进门时维托尔正在里面东翻西找。

"嗨。"他说，"怎么了？"

他可能以为我睡不着。他可能以为我只是伤心，想念地球，想要些药。他可能在想，我该怎么告诉她我们已经没有药了呢？

艾丽斯在其中一把椅子上坐下。"你不是该和她一起去的吗？"

"哈？"维托尔挑起眉毛。他还站在那里，双手插在箱子里。

"和艾比。"

"哦，该死。你觉得她已经走了吗？"

"我一整天都没见到她。"

"她后来再也没和我提过这事了。"

"这才过了几个小时。我不是为这个来的。"她在椅子上挪了挪身子。"我要给你看一下这个。"她掀起运动衫，露出苍白、突出的腹部，"大概有四个月了，也许更久。说实话，我也不确定。"

维托尔张开嘴想说什么，但他没说出口。

"埃利亚斯的。如果你想问的是这个。"

289

"你和埃利亚斯上床了？"他脸上几乎写着赞赏。如果埃利亚斯还活着，维托尔也许会恭喜她。但随后他的面色一变。他闭上眼睛摇了摇头。"我的天，艾丽斯。"

"你没发现？"

"没。我那天确实觉得你好像不太一样，但……我没有多想。"

"你能给我根验孕棒吗？我意思是，我自己知道，只是想确认一下。"

维托尔终于在另一把椅子上坐下，叹了口气。"你应该早点来找我的。现在太晚了。"

"什么太晚了？"

他慢慢地眨了一下眼睛。"现在可不是什么生孩子的好时机。"

"但我想要它，维。我从来没有这么想要过什么东西。"她抚摸着自己的肚子，"能给我一根验孕棒吗？"

"当然，但我得写进你的记录里。"

她摇摇头。"我不想让他们知道。"

"人们会发现的。"

"我不在乎。他们想发现就发现好了。"她站起来朝门口走去。"你还是没有诺曼的消息吗？"

"没有，我——"他皱起眉头，揉着头。

"你没事吧？"

"没事。没什么，只是头疼。"他站起来——这是她该离开的信号。

艾丽斯把验孕棒揣在袖子里，走进卫生间，在上面撒尿。她坐在马桶上等待时，注意到包装上的最佳使用日期——四年前。哦，好吧。结果出来了，证实了她早已知道的事，她感到多年来从未有过的纯粹喜悦，就像在小时候的生日派对上。她不记得派对的情景，但记得那种特别的、被选中的、成为目光焦点的感觉。它是我的，完全是我的。

后来，她想起自己也曾是一团细胞，一枚胚胎，一个胎儿，但更重要的是，她还是一个爱的承诺，在她母亲的体内生长。当然，她一直都知道这一点，但并不真切。

她希望能告诉母亲，我知道这是什么感觉了，现在我知道了。

# 33
## 有空打给我

艾丽斯和维托尔一起吃午餐,大部分时间都沉默不语。拉夫不在。艾丽斯拍了一张她吃了一半的假芝士三明治,旁边还有一只浅绿色的梨。她不知道他们是怎么做出芝士的,也不在乎。它的外表很像地球上芝士汉堡里那种——方方正正的,黄得耀眼,但没有咸咸的、脂肪丰厚的营养精华。照片上,三明治看着比现实中更难吃。她拿起梨,对着窗户拍照,衬着粉色的风景。好多了。

Nyx 上种出的梨——香甜美味 🍐 你今天午餐吃什么呢?#生活在 Nyx #太空午餐 #健康 #爱自己 #艾丽斯·科恩

人们依然沉迷于*爱自己*吗?她想。可能不了。她想知道评论区都说些什么。

> 你们这群可怜虫
> #为 Nyx 祈祷
> 安息 :(

之类的吧。她咬了一口梨,因为失望而差点儿干呕。味道稀薄寡淡,完全没有一周前的香甜。难道我在做梦?她想。这重要吗?她闭上眼睛,努力回想之前那个梨的味道:香甜多汁,还有一股——

"干吗呢你?"维托尔问。

"我在想象吃的是别的东西。"

"听起来是种折磨。"

"这是我生活中唯一的快乐——就别管我了。你发现了吗,"她说着,指着房间几个角落,"这里的摄像机都没在拍了?"

"是的,我知道。"他继续吃着东西,看着食物,仿佛完全不在意。

艾丽斯在艾比的床上躺了很久,浸在霉味和她离去朋友的味道里。她给她发了无数信息。

嘿

你在哪儿?

你死了吗?

感觉你并没有死。

不过,那是什么样的感觉呢?

我还没有哭过呢

你生活在沙丘上吗?

还是在湖边?那里看起来很不错

我要有孩子了!

艾比 艾比 艾比

  艾丽斯尽力回想起她们最后的对话,但她想不起来了。怀孕以来,她经常忘记东西:词语、记忆、名字。她在自由公司的上司叫什么名字来着?安德烈娅?不对。她拿起艾比结婚时的照片,又端详了起来。那是一个她不认识的艾比。地球上的艾比。她脸上有雀斑,容光焕发,想着——不,坚信——自己将与这个眼神和善的男人共度一生;相信他就是答案,是真命天子。但不是的,一个人是永远不够的。

  死亡是什么感觉?像抛下一个空纸箱一样抛下你的身体是什么感觉?艾比在最后一刻后悔了吗?疼吗?艾丽斯听着空调和氧气泵发出的嗡嗡声。她用力地挤着双眼,竭力让自己哭出来,但周围没有人看到她的痛苦,于是她放弃了。

"还是老样子啊,艾丽斯。"上铺传来一个声音,是一个女人。

"艾比?"

没有人回答。艾丽斯扇了自己一耳光。她的脸和手掌都很痛。这不是梦,她想。这是真的。我疯了。

"你是谁?"她问,"你想要什么?"

女人没有回答。艾丽斯的心怦怦直跳,她甚至能在耳中听见、在指尖感受到心跳。她想再听听这个声音,就像夜晚躺在床上的孩子,惧怕怪物,却又希望它们存在。

下午,艾丽斯打扫了几个房间,拍照,发到网上——与裕子和斯特拉笑着自拍,诺玛看起来格外可爱。

清扫卫生间时,裕子发现她在哼歌,问道:"什么歌?我好像听过。"

艾丽斯笑了。她没有意识到自己在哼歌。

"是《有空打给我》——你还记得吗?"

"当然。"裕子说。

她们一起唱副歌,一扭一扭地走来走去,做出打电话的手势。在卫生间唱歌是没问题的,因为没有摄像机和麦克风,不用付版权费。诺玛高兴地拍着手,和她们一起蹦来跳去，露出一口小白牙。斯特拉没有加入——也许她没听过这首歌，或者无法积聚力量，因为一切都在分崩离析。

她们又打扫了五分钟，然后因为无聊放弃了。

声音再度出现时，艾丽斯正走在走廊上。

"抬头。"它说，"抬头，艾丽斯。"还是之前的那个声音——谈吐文雅，有些老派。

艾丽斯抬头看到其中一个摄像机，红灯灭了。她继续往前走，观察着经过的每个摄像机。所有的机器都关了。没有人在看了。

晚餐相当不错——和地球上味道差不多的蔬菜咖喱，尽管是幼儿的分量，配着不新鲜的面包。艾丽斯、维托尔和拉夫很快吃完，躲进拉夫和维托尔的卧室，屋子里有一股讨厌的酸味。让艾丽斯想起了埃利亚斯的房间。

他们走进去时，AI塔拉什么也没说。

"嗯？"维托尔说，"真奇怪。"他用拳头轻轻敲了敲扬声器。

"我们得聊聊艾比的事。"艾丽斯说。

"已经过去一周了。"拉夫说。

时间怎么过得这么快？艾丽斯工作得太少，睡得太多——而且总是睡在艾比床上，她能闻到她的味道。

"我们得上报。"她说。

"我确定他们已经知道了。"维托尔说。

"但还没有通知,什么也没有。我们不能假装她凭空消失了,还觉得这没什么要紧的。"

"你们都看着我干什么?"维托尔问。

"拜托,维托尔,你有特权。让我们见见控制室的人。"

"诺曼不在。"

"那又怎样?谁在我们就和谁说。"

"好吧。"他拿起平板,按了几下,要求面谈。"这破玩意儿。几乎不能用了。"平板发出叮的一声。维托尔抬起头,惊讶地看着他们。"哦,我们可以去见他们。"

"现在吗?"艾丽斯问。

"对——就是现在。"

控制室的门滑开了三英寸,停住了——小故障——有人从里面大喊:"得推一下!"维托尔用手用力推开了门。自七年前的迎新导览之后,艾丽斯就再也没有进过控制室。她既兴奋又胆怯,不知道该怎样表现,仿佛她要见的是女王。房间和以前没有什么差别,但随着岁月流逝,已经有点陈旧。这是中枢最古老的部分之一。数十块蒙着灰尘的屏幕。大多数是关着的。有几块碎了。控制面板前坐着四个人,两男两女。其中一个是阿曼达,迎新导览的领队。

艾丽斯已经多年没见过她了。她看了她们一眼，微微一笑，转头继续工作。一个四十几岁的红发男人转过椅子朝向他们。他点了点头，但没有微笑。艾丽斯以前从没见过他。

"你们是 G 区的吗？"他问。美式口音。艾丽斯认出了他的声音，发广播通知的人。

"是的。"拉夫问，"你是谁？"

其他人转头看了一眼，继续按着按钮，转着旋钮，在平板上用手指敲着什么。

"我是彼得。"男人说。

"我们从没见过面。"维托尔说。

"我是中枢的首席技术官。"

"我知道你是谁。只是我们没见过面。"

"诺曼呢？"艾丽斯问。

彼得猛然转向她，好像她是突然出现在房间里的一样。他站起来，向她走去。他面无表情，虽然身材瘦小，看起来却威风凛凛。

"诺曼正在休息。你们就是为这个来的吗？"他瞪着她的眼睛，眼神却很空洞，似乎在想着别的什么事情。

"不是，我们是为艾比来的。"维托尔说。

"逃走的那个？"

"你们为什么还没有发通知？"拉夫问。

"我们打算稍后再发。"

"为什么这些屏幕都关着?"艾丽斯问。

彼得温和地看着她:"你叫什么名字?"

"艾丽斯。"

"哦,对。你就是那个谎报病史的人。"

"我——"

"屏幕只是需要修理。没什么大问题。"

"那摄像机呢?"拉夫问,"摄像机都关了,节目还怎么播?"

彼得摇了摇头,没有再理会这个问题。"我恐怕你们的朋友已经死了。她离开了中枢,在大气中窒息而死。你们如果愿意,可以组织一场追悼会。"他表面上沉着冷静,但脸和脖子已经是红一块白一块的了。

"她的尸体在哪里?"艾丽斯问。

"噢。"彼得转向一个同事,"南希,你能把那什么拿来吗?"

"没问题。"她说。南希矮小健壮,头发是灰褐色的。她看起来像个警官,喜欢服从命令。她把手伸到面板下面,拿过来一个小小的黑色塑料盒。

艾丽斯接过它。比看上去要重。"这是什么?"

"她的骨灰。"南希说。

"我应该怎么处理呢?"

南希耸耸肩。"随你的便。"

"谢谢你们顺道过来。"彼得笑容满面地说,好像他们是来喝茶做客的。他意识到了这一点,动了动五官,换上一副更合适的悲痛表情。"你们朋友的事,我很遗憾。"他补充道,接着又转向控制面板,"但是我们还有很多工作要做。"

"节目停播了吗?"拉夫问。

彼得坐在椅子上,没有看他们。"忘了那个该死的节目吧。"

"我们会死吗?"艾丽斯问。

他转过头来,笑出了声。他的脸又红又潮,就像一块生肉。"你们以为自己报名参加的是什么?他妈的《与明星共舞》[①]吗?"

---

[①] Dancing with the Stars,名人与专业舞者配对竞赛的综艺节目,2004年在英国首播,至今仍在多国播出。

## 34

### 是鬼魂？还是幻象？

艾丽斯躺在艾比的床上，抱着她的骨灰。

她轻声说："我们要死了，我们要死了，我们要死了。"接着她纠正自己，摸着肚子大声说，"别害怕，宝贝。一切都会好起来的。"

她躁动不安的心跳道出了真相。

她在平板上写了一条信息，发给*中枢*的所有人。

有人记得犹太教哀祷文《卡迪什》的祷词吗？我在找能在艾比的追悼会上吟诵的人。非常感谢。谢谢你 x

艾丽斯一生中只听过一次《卡迪什》吟诵——不是在犹太会堂里，而是伦敦的一家剧院，戏剧《天使在美国》的一段。她一个阿拉米语的词都不认识，这是一门死去的语言,但不知为什么,她的身体能听懂。她汗毛竖起,双手颤抖,哭了起来——动情但安静,免得基兰听到。她感激剧院里的黑暗。

她又躺下,等着回复,心不在焉地闻着艾比的毯子,但她朋友的味道已经逐渐消失了,取而代之的是她自己单调的臭味。

乔纳回复:

我可以。我记得大部分的词。艾比的事我很遗憾。

艾丽斯回复:

不记得所有词也没关系。谢谢你 x

她按下**发送**时,听到上铺有动静,像是有人在睡梦中翻身。她的皮肤因为恐惧而刺痛。

"有人吗?"

那个声音开始唱歌,歌声从上铺传来:"平安夜,圣诞夜……"

"不,"艾丽斯低声说,"不,不,不。"她的四肢冰凉,她开始出汗,心脏狂跳不止,像一匹飞奔的疯马。"你找我是要做什么?"

"万暗中，光华射……太好了，终于成功了。我来了。我这就下来。"有人在艾丽斯头顶的床垫上移动。"抱歉花了这么长的时间。我遇到了，呃，技术问题。我还没有死太久。哈哈！在这方面还是个新手。"

艾丽斯闭上眼睛，用力敲敲自己的头。"醒醒，"她说，"他妈的，醒醒。"她睁开眼睛时，一双赤脚正沿着梯子走下来，接着是穿着白色棉布睡袍的身体。艾丽斯把毯子拉过头顶。"请走开。不要伤害我。"

女人走到床边，站在艾丽斯身旁。透过毯子，她看到了模糊而熟悉的身影。

"拜托。"艾丽斯说，又闭上了眼睛。

"我知道这所有的一切都很奇怪，但我当然不会伤害你，亲爱的。我怎么会做这种事？"

艾丽斯掀开脸上的毯子，呼吸着充了氧的污浊空气。看到母亲担忧的脸、长长的辫子、光滑而泛蓝的苍白皮肤，一种平静的感觉笼罩了她。她的恐惧像烟雾一样消失了。永远的埃莉诺·科恩，三十一岁，正是罗伯特去世那年的年纪，比现在的艾丽斯还要年轻。

"妈妈，你看着像真的一样。"

"我就是真的。"

艾丽斯坐起来。"嘿，我疯啦。"说着，摇起了爵士手①。"呜呼,终于疯啦!你是什么——鬼魂?还是幻象?"

"我说过,艾丽斯,我死了。我得了癌症。他们没有及时发现。"

"什么癌症?"

她母亲摇了摇头。"我不是为这个来的。"她拘谨地说。"我不想谈这件事。"

"为什么?"

"艾丽斯,我——"

"哇哦,还真的是你啊。只有你才会因为得了癌症而尴尬。"

"如果你想知道我是怎么死的,"埃莉诺用居高临下的平淡口吻说,"你应该留在地球上——这样你就会知道了。"

"我不相信你。"艾丽斯转过身,蜷缩成一团。她母亲在床垫边缘坐下。艾丽斯能感觉到它的凹陷。她能感觉到母亲身体的热量,好像她真的在这里一样。"这是怎么回事儿?"

"我也不知道怎么回事儿。这重要吗?"埃莉诺将一只手放在她头上。艾丽斯缩了缩,但她母亲继续爱怜地抚

---

① Jazz hands,一种舞蹈动作,双手手掌朝向观众,手指张开抖动,最初出现在爵士表演和舞台剧中,后经由电影进入大众文化,表达反讽、兴奋、惊慌、幸灾乐祸等情绪。

摸着她油腻的头发。"你想让我唱歌给你听吗,亲爱的?"

"我再也不是小孩子了。"艾丽斯说,尽管她内心充满了渴望,"你全部都搞错了。你一点也不像我妈妈。"

埃莉诺收回了手。她的声音像是要哭了一样。鬼魂会哭泣吗?"艾丽斯,是我。我好想你。"

"你从来没对我说过这样的话。"

"但那不代表我没有感觉。我不完美,艾丽斯。我从来都不知道该说什么。"

"你为什么现在才说?我在地球上时你为什么不说?"

"人死了之后一切都容易多了。"

"你要——"词语卡在了艾丽斯的喉咙里。

"怎么了,亲爱的?"

"你从来不叫我亲爱的。"

"你小时候我叫过。"

艾丽斯咽了咽口水。"我最后一次见你,你要跟我说什么?"她很快地说完,接着闭上眼睛等待。眼泪从她的脸上滑下,流到脏兮兮的毯子上。她用手擦了擦鼻子。她觉得自己就像个精神错乱的小婴儿,无法控制情绪。如果她母亲回答了这个问题,她也许会当即死于悲伤与悔恨,就像这样:噗地消失不见。"等等,"她说,"别告诉我。我不想知道。"

"我——"

"求你了,不要说。"她转过身,换了一侧躺着,面朝埃莉诺,"我受不了。"

"艾丽斯。"埃莉诺笑着说,"我们非常想念你。"

"是吗?"

"当然。你很漂亮,也长大成人了。"

"这不像你会说的话。"

"但我现在说了。"

"我的样子很糟糕。我知道我看起来很糟糕。顺便告诉你,你要做外婆了。"

"我知道,我知道,"埃莉诺说,又补充道,"但我已经是外婆了。"

"什么,莫娜有孩子了?你开玩笑吧?"

埃莉诺闭上眼睛,又缓缓睁开。"真的,是个儿子。一个漂亮的小男孩。"

"她还好吗?她去上大学了吗?"

"她休息了一段时间。她是个好妈妈,真的。你还想知道别的吗?你想知道所有的事吗?"

艾丽斯微微转过头,这样她就看不见母亲脸上的表情了。她突然很渴望什么也不知道,渴望想象莫娜一切都好。就算她年纪轻轻就生了孩子又如何呢?很多人都是这样的。

"下次吧。"她说。

"好吧,但是先想想吧。想想这意味着什么,知道那里发生的事。"

"地球上?"

"莫娜很好——你不用担心。"

埃莉诺·科恩的鬼魂不吃不喝,但不知为何需要睡觉。她平躺在上铺,穿着睡袍,双手放在腹部。熄灯后,艾丽斯多年以来第一次对母亲说了晚安。她已经不记得上一次她们睡在同一个房间里是什么时候了——或许是在图夫尼尔公园的第一晚,其他房间还堆满了箱子。还是因为艾丽斯在新房子里害怕一个人待着?

"晚安,艾丽斯。"当时,她母亲轻轻地说,就和现在一样。"好梦。"

艾丽斯又等了几分钟,直到头顶埃莉诺的呼吸变得沉重。她的呼吸又响又急促,仿佛受了惊吓。她母亲的声音盖过了中枢冷冰冰的嗡嗡声,对此艾丽斯很感激,尽管她还是能听见风裹挟着沙粒打在窗户上的声音。某种风暴。多年以来,艾丽斯没有和艾比之外的人同处一室,即使这个人根本不存在。她闭上眼睛,沉沉睡去。

# 35
## 《卡迪什》

第二天,他们聚在餐厅里纪念艾比。艾丽斯还是不觉得她已经死了。但也许,她想,哀悼一直就是这样的感受。这是她第一次因为死亡,而不是她自己可怕的行为而失去朋友。感觉就像一个糟糕的玩笑,仿佛艾比躲在某个地方——床底下,就像伊丽莎白那样——等着跳出来大喊:"没想到吧!"

艾丽斯站在讲台上——诺曼演讲时站过的位置——目光扫过人群。几乎所有的 Nyx 人都来了,只缺了几个人。乔纳站在几米之外,等着轮到他上台。她几乎后悔自愿上台发言。这里没有药物可以帮她应对这种关注。彼得和他的团队不在场,她十分感激,但也不见她母亲的身影。她醒来时,埃莉诺不在身边。艾丽斯能闻到自己的体味,浓烈刺鼻,渗入衣服。她再也不可能真正干净了——像地球上那样干净。她瞥了一眼摄像机。其中三个已经打开。所以它们根本没有坏——只是被关掉了。死亡有助于提升收视率。

房间里安静下来,尽管她还没有示意要讲话。她把它当成发言的信号。

"大家好。"她说,吞掉了最后一个音节。

"你会没事的。"在她耳边,埃莉诺轻轻地说。

艾丽斯看向身旁。她的母亲出现了,站在她身边。她伸出一只手揽住艾丽斯,安抚地拍着她的背。她就像真的一样。艾丽斯抬头看着人群。他们沉默不语,等待着,表情空洞。他们似乎没有注意到鬼魂的存在。

"这和工作不一样。"她母亲说,"他们并没有等着看你的笑话。"

埃莉诺怎么知道她对工作的感受?她们极少谈起工作。艾丽斯能感受到飘在脸上的呼吸,甚至能闻到——温暖的奶香。

"他们看不见我。别担心。"

艾丽斯清了清喉咙,开始发言:"艾比是——曾经是——我最好的朋友。我不知道这是因为我们一起被抛进了这个奇怪的环境,还是因为她真的是我的灵魂伴侣。我觉得两者都有。我们非常幸运能找到彼此,在 Nyx 上成为室友。"

她停下来，环顾四周。大约一百个人在看着她，就像整片田野的猫鼬。她母亲骨瘦如柴的手依然轻轻地搭在她肩上。

"我不敢相信她就这么走了。我的生活被永远地改变了。她是我早晨第一个说话的人，也是我晚上闭眼前最后一个说话的人。"她顿了顿，发现人们开始呜咽和哭泣。"艾比非常善良、慷慨、聪明，在很多方面，比起朋友，她更像我的姐妹。我们对彼此太过了解，以至于我很难描述她。她就是艾比。她对我很重要，因为我爱她。我全心全意地爱她。我知道她也一样。"

她的声音平淡而冷静。

"我在地球上时不认识艾比。我不能形容那里的她。我不知道她最喜欢喝什么饮料，不知道她喜欢穿什么衣服，不知道她涂不涂口红、喷不喷香水。在地球上，人们对朋友的这类偏好了如指掌。在那里，我们就是这样定义自己的。她地球上的家人朋友一定更加熟悉她的喜好。我明白，像我们很多人的家人一样，他们也很难接受艾比来这里的决定。谁又能责怪他们呢？这样做确实很疯狂。但这似乎是一条通往非凡人生的捷径。"

艾丽斯看见有些人点头，听到他们说："嗯。"

"我知道艾比想念的东西。其中有很多我也很想念。我们习以为常的东西，比如阳光、游泳、和朋友吃饭。这些东西往往被地球上的其他事情所掩盖。我想，这就是艾比离开中枢的原因。她太想念地球了。"

艾丽斯听见一阵清晰而高亢的声音，就像耳鸣一样，向整个房间压下来，但她能感觉到声音来自自己的脑海。

她的母亲轻声说："你做得很好。"

艾丽斯点点头。"乔纳将为艾比致祷词。祷词叫《卡迪什》。"

她走下讲台，乔纳上台时，台下是一片沉重的寂静。

"大家好。"他说。他拿着一块破布——灰色材质的圆布，从运动衫上剪下的——放在自己的头顶。"我很久没背过这篇祷词了，可能会忘词。不，我一定会忘词的。我停下点头时，请你们说阿门好吗？我知道大多数人不是犹太人，也不信上帝，但如果可以，希望各位配合。"

艾比本人很久之前就失去了信仰，在离开地球之前。没关系。她会喜欢的。房间里的高音变成了低沉的嗡嗡声，就像自由公司的空调声。艾丽斯想起她在那里的办公桌，桌上堆满了纸片，想起了坐在旁边的埃迪，他顽皮的微笑，蓝色的眼睛。她记不起糟糕的感觉了。随着时间的流逝，它们逐渐消退了。那时生活更简单也更复杂，未来还是未知的。埃迪怎么样了？

"注意听。"她母亲说，仿佛能读懂她的心思。她握住艾丽斯的手。

她当然会知道我的想法，艾丽斯想。她是我的幻觉。

乔纳深吸一口气，开始咏唱，他的嗓音犹疑不决，唱的是小调。

> 愿全世界颂扬和圣化上帝的大名
> 祂按照自己的意愿创造了世界
> 愿祂的国度——[①]

"呃，等一下，"他说，"哦好了。"

> 在你们有生之年和你们的时代迅速建立
> 在以色列家族的生命中都能如此
> 并说——

乔纳停了下来，点了点头。回想的压力下，他的脸湿漉漉的，泛着红。

三十来个人说："阿门。"

> 愿上帝的大名受赞美
> 直到永恒

---

[①] 原文为阿拉米语，下同。

愿圣名受赞颂、受尊崇、受敬仰

受爱戴、受祝福、受倾慕……

对艾丽斯而言，这简直是天书，属于她早已失去的父亲的古老天书。她想起了在学校背的《主祷文》。她一个字也不信，但总是很喜欢背诵这一段。

"呃……"乔纳看着地板，左右摇着头，想把词语晃出来，但怎么也想不出来。他跳过了几行，但没人发现。汗水从他的发际线流下来，流到脸的侧面。"好了。"他说，接着唱道：

祂在祂的天国创造和平

愿祂为我们和所有以色列人创造和平

让我们说——

他顿了顿，点点头。大家齐声说："阿门。"

## 36

## 死亡迫近的狂喜

艾丽斯躺在床上。她的胃咕咕叫。每餐的分量越来越少。最好只靠空气活着。饥饿让她忧伤无助,同时又让她兴奋,充满活力。她记得离开地球的几年前,互联网上曾掀起一阵短暂的热潮,美丽的年轻女人发出自己的照片,照片上的她们苗条而兴奋,用少见的食材做着五颜六色的低卡餐。这一定就是她们的感觉:纤瘦、圣洁、无拘无束。二十岁出头时,艾丽斯浪费了数百个小时看着这些女人,用拇指点开她们的 tag——#吃得干净 #健康 #美味——觉得她们都是白痴,同时也好奇她们的灵魂是不是比自己的更纯洁。现在,她觉得自己像一根冰柱一样纯净透明。一个殉道者。死亡迫近的狂喜,事物的终结——也许这就是那些女人的感觉。

但艾丽斯想起了宝宝,殉道的念头就烟消云散了。这还不是终结。她强迫自己下床，去了餐厅。

她希望能和莫娜说说话，哪怕一次也好。

出于对艾比的尊重，她们打扫时的大部分时间都在默默工作。

斯特拉对艾丽斯说："你的演讲真的很特别。祷词也是。我听不懂，但很好听。"

"是啊，不是吗。"艾丽斯的胃发出咕噜声。早饭不够吃。她把手伸进运动衫下，想用按摩消除饥饿。她的肚子又圆又硬，像一个球，但很容易隐藏。她养成了一种稍稍弯着腰的走路习惯，这样肚子就不会突出来。或许人人都注意到了，只是没有说出来。

"你饿了，是不是？"斯特拉问。

"是啊。"

"我也是。"

一顿少得可怜的午餐之后，艾丽斯躺在床上，感到筋疲力尽。饥饿的痛楚暂时消退了，但空虚感还在。她为埃利亚斯哭过，为母亲的鬼魂哭过，但还没有为艾比哭过。她的死感觉上并不真实——仿佛她只是在休年假。**邮件访问受限，如事态紧急可短信联络！**艾丽斯抱着装有艾比骨灰的盒子,晃了晃,听着她朋友的残骸,像糖一样沙沙作响。

"是你吗?"她问。"听起来不像你。"

她给艾比婚礼时的照片拍了张照,写道:

纪念我们亲爱的朋友阿比盖尔·约翰逊,照片摄于她婚礼当天,地点是地球的旧金山。我们爱你,艾比 ♥
#艾丽斯·科恩

她打上 tag #生活在 Nyx #外太空 #安息 和 #纪念,又都删掉了,她按下**发送**。五秒后,一个红叉出现了。呵。她尝试重新发送。还是红叉。要么是软件出了问题,要么是她的推文被卡了。

她望向窗外粉色的荒漠和远处的湖泊。空气在高温下闪烁,就像地球上那些炎热的日子。艾丽斯一直不明白其中的物理原理,也从未费心去查。中枢外面,似乎有一个地方在闪烁——一圈舞动的光,在空气中盘旋。艾丽斯听到外面传来一阵声响,像一个疯狂而沉闷的嗓音。光圈继续发出愤怒的亮光,闪烁得更快了。她移开了视线。

我又看到幻象了。

她的眼皮越来越沉。今天是周几?现在是几月,哪一年,哪个年代?恒久不变的日光扰乱了她的时间概念。她卧室的窗户每天晚上都暗下来,但她已经七年没有见过日落了。这意味着我还是二十九岁吗?她想。是的,虽然我的身体继续衰老,我也会永远二十九岁。她看了看平板。今天是九月二十五日,周五。

她的平板响了。是拉夫。

> 维托尔不见了。到处都找不到他

她太累了,已经无力惊讶了,体内的荷尔蒙令她兴奋异常。她想到了腹中搏动的胚胎,那是宇宙中第一个真正需要她的人。头骨,脊椎,手和脚,大脑。从未哭泣的眼睛。小小的粉红色舌头。

艾丽斯不想死,一点也不想。

# 37
## 失　踪

第二天，拉夫不告而别。一点也不像他，艾丽斯想，但也许她根本不了解他。两天后，斯特拉失踪。然后是裕子、卡洛斯和小诺玛。短短几天，他们都走了。她所有亲密的朋友。其他人也相继离开。

中枢应该已经被尸体包围了，但事实并非如此。也许每个人一离开就在空气中融化了。虽然粉色的沙子看着比以往更让人不安，因为上面布满了脚印——就像是夏天的沙滩。

失踪的消息口耳相传——餐厅里的悄悄话，从一桌传到另一桌。平板发送的信息。所有的技术人员都离开了。诺曼肯定也离开了。也许他是第一个走的。大部分厨房员工都消失了，于是其他人接替了他们，找到什么就七拼八凑地做一点。几个 Nyx 人发现自己只好一个人吃饭，因为他们所有的朋友都走了。几天来，他们品味着新奇的吃法，在沉默中咀嚼和吞咽。但随后他们意识到这让食物变得更难吃了。交谈能让无味的 Nyx 苹果变得双倍美味。

艾比的追悼会已经过去三周了，但感觉上就像已经过了十年。人们不再谈起她。每天都有人离开。再也没有追悼会了。

不管是谁离开，艾丽斯都没有哭过。她感觉自己与现实完全隔绝。她想知道她的祖父奥托，罗伯特的父亲，在奥斯威辛里是不是也有这种感觉。不，他一定觉得自己是在痛苦而彻底地活着。相比之下，这不算什么。这是我自找的。

没有人打扫卫生了。社交媒体软件还是不能用，于是艾丽斯也放弃了。几乎所有人都不再履行职责。中枢里积了一层厚厚的灰尘和油污。艾丽斯摸到墙壁，留下了黑色的污迹。她走过农场，透过窗户看到作物已经下垂变黄了。

她开始发现到处散落着死去的昆虫。珠光蓝色，两三英寸长。是 Nyx 本土的品种——也许它们无法在充氧的中枢里生存。确切来说不是昆虫，因为它们有五对足。艾比第一次发现出去的路时，见到的虫子一定就是这种。艾丽斯从来没有透过窗户在中枢外面见到过。七年来，一次也没有。

她久久地游荡，漫无目的，和不太熟的人聊天。他们温柔地问她，眼中略带惊恐："你不会……怀孕了吧？"艾丽斯告诉他们她确实怀孕了。他们都不知道怎么回答。有几个人说了声"恭喜"，接着尴尬得满脸通红。

一天晚上，她觉得自己听到有人在中枢外面走路。她下床，把耳朵贴在漆黑的窗户上。她看不见外面。遮光帘是自动的，她无法控制。

"喂？是谁？"

艾丽斯听见一个声音，毫无疑问是人的声音，但隔着厚厚的玻璃和金属她什么也听不清。"啊——啊——啊——啊。"像是女人的声音。

"我听不见。"艾丽斯说，"我听不见，抱歉！"

那人不再说话。她是不是已经缺氧死了？艾丽斯待在窗户边，坐在艾比的床上，整整两个小时，直到中部时间清晨六点，遮光帘升起了一半。那里没有人。也没有尸体。

艾丽斯交了几个新朋友。其中一个是马娅。她们聊了好几个小时，聊在地球上爱过的男人，被自己描述的各种肩膀、手臂、眼睛和性技巧唤起了轻微的欲望，陶醉在新友谊温暖的喧闹中。两个女人开始在马娅位于 Q 区的房间里一起生活。艾丽斯睡上铺，就像在 G 区一样。半夜她短暂地醒来，半梦半醒之间，在大脑的欺骗下，她以为听见了艾比的呼吸。多么甜蜜。

有人打破了通往控制人员宿舍的门。那里没有人。艾丽斯和马娅一间一间房间地游荡。艾比是对的——没什么特别的。几间阴暗肮脏的卧室。开放式的起居室和餐厅。男士洗手间里，有人在墙上写了**他妈的**几个字，用大便。

一天早晨，她醒来时发现马娅不见了。艾丽斯回到了 G 区。

她的平板坏了。她不知道今天是几号。如果她有笔，就能在胳膊上做标记。一开始她还会问别人，但后来她索性不问了。不知道也挺好的。这让她想起小时候的暑假，那时她似乎存在于时间之外。谁在乎地球上是哪一天呢？

现在……大约是十一月。

一天午后,餐厅的门上,用往下滴的黑色物质写着一句话:**今日不供应午餐。**

还剩下三十三个人。这个数字很准确,因为肖恩在自己的平板上列了一个名单,他的平板是为数不多还能用的几台。每当有人失踪,就会有人告诉肖恩,然后他就在名单上加上一个名字。这种官僚主义做派对 Nyx 人产生了镇静的作用。名单是一个信号,表明一切仍井然有序——或者至少有些事情还有秩序。

艾丽斯的运动服肩膀和臀部松松垮垮的,腹部却很紧。农场没有足够的人手,也没有足够的厨师。宝宝吸走了她所有的营养。*我亲爱的小寄生虫,你会是我的终结。*

两天后:**不供应早餐。**艾丽斯还是进去了,因为她透过门看到里面有几个人,闲逛着,坐在桌边。她坐在肖恩和乔纳旁边。

"嘿,艾丽斯。"肖恩说。"你还好吗?"

由于饥饿,他的呼吸雾蒙蒙的,还有一股腐臭。艾丽斯努力不让自己干呕。肖恩卷起袖子,露出杂乱无章的旧文身：美人鱼、骷髅和玫瑰。其中一处文身，用模糊的绿色字母写着：*自由爱尔兰*。她以前从来没注意过。看上去像是自己文的。她怀疑他有没有去过爱尔兰。

"我他妈饿死了。"她说。

"去农场看看。"乔纳说，"我刚进去吃了我能找到的所有东西。"

艾丽斯看着肖恩。名义上，他还是首席园丁。

他点点头。"想去就去吧。"

"但我的手环刷不进去。"

"哦，进得去的。"

农场的门很容易打开。里面，一切都在枯萎。经过玻璃放大的阳光温暖宜人，空气沉重而潮湿。艾丽斯闭上眼睛，享受脸上的热量。她走在垂死的农产品间：掉落的水果，变黄的绿叶，一切都奄奄一息。她的胃因为饥饿发出咕噜声，肚子里的宝宝在踢她，爱与绝望将她淹没，一股虚弱的暖意从躯干流向手和脚。这与她和伊迪·多尔顿恋爱时的感觉一模一样。伊迪现在在做什么呢？宝宝又踢了她一下。*谁他妈的在乎呢？*它似乎在说。*看在上帝的分上，吃点东西吧！*艾丽斯想象着一块带血的牛排，浇满咸咸的、柔滑的贝亚尔奈斯酱。宝宝停下了动作，享受着共同的白日梦。

323

一个明亮的红点在衰败中格外显眼。艾丽斯走过去，弯下身。是一颗小小的草莓，一英寸长，缀着黄色的种子，就像美好的老英格兰草莓。她把它从植物上摘下来。放在地球上味道平平，但在这里已经够甜了。她继续寻找，找到什么零碎就吃什么，一直没有吃饱，直到她太累了，实在爬不动了。

她每天至少会想一次：我那该死的妈妈去哪里了？

艾丽斯认为诺曼已经死了，但乔纳和肖恩不赞同。他们觉得诺曼一定还在中枢里，藏在什么地方。

"他是那种高尚的船长。"乔纳说，"会和船一同沉没。"
"就像蒂朵那首歌[①]里唱的。"肖恩说。
"对。"

两个男人捏着嗓子，用假声高音唱起了副歌。艾丽斯从来都没有喜欢过这首歌，但她喜欢听他们唱。没有人在看，他们可以无视规矩，想唱什么就唱什么。

肖恩停了下来。"见鬼，快看。"

他指着空中。一只蓝色的虫子飞过，活蹦乱跳，闪闪

---

① 指《白旗》("White Flag")，歌词中有一句"我会与这艘船一同沉没"。

发光，嗡嗡作响，像一把小小的电锯。

艾丽斯每次经过时，控制室都空无一人，但不知怎么，中枢仍在工作，灯开了又关，氧气泵在运行，水在流动，维持他们的生命。等到中枢分崩离析，或是太阳不再闪耀，或是有人按下了**关闭**键，如果真的有这样一个键——不管哪件事先发生，这些过程都会停止。

艾丽斯开始每天都见到火虫，它们充满活力，发出噼啪的声音。她把这当成好兆头。

肖恩失踪了。他的名单无人接手。

## 38
## 叽叽喳!

艾丽斯梦见自己躺在床上,饿得有气无力,抱着巨大的肚子。她的平板响了。是妹妹发来的消息。

嘿,艾丽斯,你好吗? xx

梦中的艾丽斯太高兴了,根本没去想信息是怎么发过来的。莫娜的爱牵着这些文字从伦敦到了太平洋,穿过虫洞,来到了 Nyx,再到中枢,到艾丽斯坏了的平板上。哔!她立刻给妹妹打电话。莫娜出现在屏幕上,她坐在窗前,背后的天空又白又亮,五官蒙在一团暗影里。伦敦糟糕的灿烂天气。莫娜穿着绿色的运动衫,戴着眼镜,一半头发挽在脑后。她还是个孩子。

"我真抱歉。"艾丽斯说。

"为什么？"莫娜温和地说。

"我是个自私的大傻逼，"她哭了起来，"这是个错误。你说得对。我太想念地球了。我想念你们所有人，非常想念。"她的脸被咸咸的眼泪和鼻涕打湿了。"我到底是怎么想的？我还是人吗？"

"当然了，你是我亲爱的姐姐。"

艾丽斯张开嘴想说话，却什么也说不出来。她被一股巨大而有力的爱吞没了，仿佛能让她的心脏停止跳动。

"我原谅你。"莫娜说，"我爱你。我们都爱你。我们非常爱你。"她露出幸福的微笑，充满爱意。

"我希望能见见你儿子。我还不知道他的名字。"

"他叫——"

"叽叽喳！"鸟鸣闹钟唱了起来。

"不！"艾丽斯说，"我还有别的事想告诉你。"

屏幕逐渐变黑，莫娜继续笑着。"什么事？"她的脸消失了。

"叽叽喳！"

艾丽斯睁开了眼睛。

饥饿穿越了疼痛的关卡。一连几天，艾丽斯都感觉干净而自由，仿佛进食的需求一直是个枷锁，压得她喘不过气。她来到农场，让阳光照在脸上，想着能不能只靠光和水生活，像一株植物。她感到狂喜，也觉得精神失常。宝宝踢了踢她，疼痛回来了。她发现这里不止她一个人——农场另一边，乔纳在一堆半死不活的植物中间找着什么。

他们互相点点头，喊着："嘿！"

艾丽斯从地里挖出还没长熟的土豆，吃了一口，生的，还带着泥土——味道不算太坏——接着，她随便嚼了几片苦涩的叶子。她用手耙着地，寻找其他土豆时，想起了在伦敦一间餐厅吃过的甜品巧克力土：蛋糕屑和海盐晶体，放在园艺铲上端上来。那么蠢，那么美味。她用拇指和食指拈起一小撮土，确认乔纳没有看向这边，把它放在舌尖。土在她嘴里融化了，就像在地球上一样。她抓起一把，狼吞虎咽，然后用脏兮兮的袖子擦了擦脸。

"你在做什么？"

艾丽斯抬起头。是母亲，低头看着她，摇着头，依然光着脚，穿着白色的睡袍。

"妈妈！"艾丽斯笑了，她的脸脏得像个孩子。

埃莉诺指着地面。"都到这个地步了吗，亲爱的——要吃泥巴了？"

"不，只是看着像泥巴。你去哪里了？"

"出了点……故障。"埃莉诺弯下腰，用她苍白、泛蓝的手抓起一抔土，又让它落回地面。"这是土。你在想象别的东西。"

"我在想象你。"艾丽斯笑着说。

"艾丽斯。"乔纳从农场另一边说,"你在和谁说话?"

"没有人!我在自言自语。"

"哦,好吧。"

体面。永远都要体面。

艾丽斯尽可能多睡觉,在奇怪的钟点,就像一只猫,因为这样更容易应付饥饿。身体再也无法入睡时,她就像鬼魂一般在中枢的走廊和房间里游荡,有时母亲会陪着她,但她行踪不定。她们不怎么说话,只是一起散步。埃莉诺睡袍的下摆沾上了泥土,脚底也几乎黑了。到处都是粉色的沙粒,在角落里堆积,在枕头上硌着艾丽斯的脸。火虫又多了一些,嗡嗡地飞来飞去。餐厅里,她眼角的余光看见了什么东西。转过头,一只吉娃娃大小的动物窜到了柜台后面——一个闪亮的红色身影,快得看不清。她追过去,但它已经不见了。她再次感到疑惑:为什么我从来没有在窗外见过这些生物呢?是我看得不够仔细吗?

外面逐渐进到了里面。真正的 Nyx,不是这个拙劣的地球模型。

夜里,她听到了遥远的做爱声音——笑声,喘息声,呻吟声,在剧痛和快乐间游移。想到近在咫尺的死亡并没有完全毁掉人们的兴致，她笑了。

她透过窗户看着中枢2号的废墟。它的墙壁已经塌了，埋在沙子里。只有黑色的框架仍然矗立着。框架上挂着一小块塑料片，在微风中飘荡。她很羡慕那块残片。她希望自己也能出去，感受风拂过她的脸，而不会死去。

镜子里，比起圆滚滚的丰腴肚腹，她的手臂就像植物的茎。也许小寄生虫能活下来，她想，即使我活不成了。也许我死的时候，她会从我的阴道里爬出来，被外星人收养——那种像红色吉娃娃一样的东西。它们会保护她的安全，就像《丛林之书》里的狼群。也许她和它们在一起会更开心。也许，也许，也许。

不知为什么，她觉得宝宝是个女孩。

所有的摄像机都关了。艾丽斯路过时一个个看过了。没有人在看了。她停止存在的时候，地球上没有人会知道。这重要吗？对他们来说我已经死了。她七年前就停止存在了。他们大概已经哀悼和悲痛过，并且走出来了。尽管她依然希望能和妹妹说说话。她会说什么呢？"生命是值得的，巴拉巴拉。我爱你。"

地球上有几百万人在挨饿。人们在打仗，为他们愚蠢的国家而死。人们在酒店房间喝香槟，结婚，做爱。人们学走路，学说话，学怎么在马桶里拉屎。人们站在桥上，犹豫要不要跳下去。可怜的老地球。

如果艾丽斯还在那儿，她会从桥上下来，搭一辆公交去克拉普顿，扑上床，钻进羽绒被里，听着收音机——还是那些熟悉的声音，辩论着一样的老旧问题。不，应该是个周日。周日她会听音乐台。他们放了一首她从来没听过的歌——忧郁而动人，来自巴西、马里或安哥拉，她从未去过的地方。她听不懂歌词，但歌词中似乎充满了向往。一辆汽车驶过。鸟儿在歌唱。基兰在隔壁房间睡觉。她的手机响了。

**埃迪**

早安，美女。饿不饿？去吃早午餐吗？

**艾丽斯**

好好好好好好 xxx

\*

艾丽斯已经两天没有见到任何人了。梦想成真。她终于一个人了。她想躺在没有汽车的牛津圆环中央，呼吸着污染的空气，再去 Topshop 买条裙子。她想看二十匹银色骏马小步跑过格罗夫纳广场。她想把伦敦动物园里的动物们都放出来，让老虎、长颈鹿、狼蛛和大猩猩都沿着摄政运河散步。她想去议会山看日落，再像小时候那样从山顶滚到山脚。她想去戈尔德斯山公园，漫步在爱德华七世时代的藤架间，她还有父亲时，就住在附近。园丁都离开了，藤蔓和花朵会在建筑周围生长，用柔软、多彩、芬芳的墙将它吞没。它们会想：啊，我们的时代到了。

也许两百年后，地球终于被它的居民摧毁了，人类会再次尝试殖民 Nyx。也许他们会发现艾丽斯和她的孩子被埋在粉色的沙子下，剥蚀得只剩白骨，一个在另一个体内，就像俄罗斯套娃。母亲和她未出世的孩子。多么悲伤，多么迷人！这就像在庞贝发现的惊恐万分的尸体，在火山灰中铸成模型。也许她们的骸骨会被摆在博物馆中展览——Nyx 上第一个博物馆。

不，我们的时候还没到，艾丽斯想。我们的归宿不是博物馆。我的孩子会出生。她会活下来，就像地球上还没有医生、接生婆和医院时出生的婴儿。她永远也见不到地球，但她会活下来。她永远吃不到芝士汉堡和薯条、披萨、咖喱、羊肉沙威玛①配酸黄瓜、牛排、新鲜意大利面、牡蛎，甚至是一颗加盐的白煮蛋——就连这个也是天堂般的美味。但她会了解其他的事物。她会活下去。

---

① Shawarma，中东菜肴，起源于奥斯曼时期的黎凡特地区，羊肉切成薄片堆成锥形，放在直立的烤肉架上烘烤，不断将表面已烤熟的肉切下。

## 39
## 这里就是终点

午夜,艾丽斯站在卧室里,向窗外望去。遮光帘坏了,她能看见外面。阳光明亮柔和,一如既往。她不知道现在是几点,但疲惫的程度和感觉告诉她大约是凌晨四点。因此现在芝加哥、墨西哥城、加拉帕戈斯群岛和伯利兹也是凌晨四点左右。这些地方的人们大多还在睡觉。也许加拉帕戈斯的动物醒着,但它们不是人类。艾丽斯望着窗外的风景,敲了敲她裸露的、肮脏的脚后跟。

"没有比家更好的地方了。"她说,"没有比家更好的地方了。"

"没用的,"她母亲站在她身后,"这不是电影。"

艾丽斯把鼻子压在玻璃上。"我要走到湖边去。"

"听着很危险。"

"这里也很危险。"

"你应该想想孩子。"

艾丽斯转身面向埃莉诺。"你也应该想想你的孩子。"

"我每天都想你无数次。"

艾丽斯转过身,望着窗外的粉色沙子。"我来这里是为了重生,但我只是继续活着。"她把手放在肚子上。"也许是时候出去活着了。"

她母亲什么也没说。

"我该走了。"艾丽斯说。

"你原谅我了吗?"

艾丽斯转过身。她母亲脸上有了新的皱纹。她仍然穿着睡袍,梳着辫子,但她薄薄的皮肤就像纸一般,和艾丽斯离开地球时一样。

"原谅你什么?"

"没有做个更好的母亲。"

"原谅我的幻觉是没有意义的。就像原谅我自己没做过的事。"

"如果我不是幻觉呢?如果真的是我呢?"

"是啊,当然,但前提是你要原谅我离开。"

她母亲没有回答,但她笑了。或许她没有原谅她,但没关系。艾丽斯能承受。埃莉诺张开双臂。她们拥抱在一起。艾丽斯能闻到母亲青草味洗发水干净的味道,这是罗伯特去世的时候她用的洗发水。一切都结束了——她的婚姻，她的家庭——但埃莉诺仍然给自己洗头发，给女儿洗头发，给女儿做饭，送她去学校，自己去工作，赚钱，付账单，即使她一点一点地消失了。

埃莉诺抚摸着艾丽斯的脸颊，吻了一下。"再见，艾丽斯。"

"再见，妈妈。"

"我爱你。"

艾丽斯眨了眨眼睛，她就不见了。洗发水的味道还萦绕在空中。她的肺里全是这种味道。

她穿上鞋，走出房间，四处闲逛，默默地与中枢告别。七年了——和她在圣彼得女校度过的时光一样长。没有窗户的走廊光线昏暗，但中枢的其他部分洒满了阳光。艾丽斯慢慢地走着。没有人在看着她。芝加哥、利马、莫斯科和曼谷没有。伦敦没有，洛杉矶的 Nyx 公司总部也没有。摄像机已经关闭，电视节目已成为历史。也许前不久，维基百科页面做了更新："生活在 Nyx"曾经是一档美国真人秀节目。是的。曾经是，而不是是。艾丽斯想知道她的死期是不是已经写在互联网上了。艾丽斯·科恩曾经是一名英国真人秀明星。她出生，她活过，她死在了另一颗星球上。

她还能听见电流的嗡嗡声，中枢神秘的过程。它还会运行多久呢？它是太阳能驱动的，也许能永远运行下去。不——人类的创造物不会像恒星、卫星和行星那样持久。中枢会因为缺乏使用而解体。所有的墙最终都会坍塌。外星的苔藓和霉菌会在 Nyx 人的脏床单上生长。等人类回到这颗星球时，建筑里会出现复杂的生态系统。中枢会呈现出颓败的壮丽，就像人人趋之若鹜的底特律废墟。哦，他们在另一颗星球上建造这座奢华的剧院、骄傲的宅邸、技术最先进的人类殖民地时，胸中怀有多么伟大的梦想。没有什么比希望的残骸更凄凉的了。

控制室的门轻轻一推就开了。从弧形玻璃窗射入的阳光瞬间晃得艾丽斯睁不开眼。房间看起来像是空了好几年，而不是几周。还是已经几个月了？她记不清了。地上倒着两把椅子。到处都是沙子。空气中弥漫着细细的尘埃。控制面板全是污垢，按钮上一层污迹。几只火虫飞来飞去，它们的嗡嗡声比机器的声音响一倍。这里就是终点。

她弯下身子，爬进控制面板底下，手脚并用地爬行，巨大的肚子蹭着地板。就在那里，向左一拐，和艾比描述的一样：一条黑暗通道的洞口，大小刚好可以勉强通过。艾丽斯费力地爬进去，沾满了各处的灰尘。她身体的热量温暖了通道，她汗流浃背，感到幽闭恐惧。如果我卡住了怎么办？通过的唯一办法是分娩。但她没有被卡住。最后，她在一个小房间里站起来。那里有一扇窗户通向外面，大约五英尺高，布满指纹和污垢，都是站在这里为出去做准备的人们留下的。她弯下腰，透过玻璃看着一团粉红，污垢模糊了风景。这里就是终点。或许还没有终结。腹中的宝宝动了一下。

"对不起。"她说，"我们必须这么做。"

她听见近旁有人叹气，但周围没有人。

"看在上帝分上。"她听见他说，声音从她右边的墙壁传来。

只是一面金属墙，没有什么特别的。但随后只听哗的一声，墙滑开了，露出了一个小房间，里面全是电子设备——机器、电线和灯，发出哗哗、嗡嗡和滴答声。地板上，一张薄床垫上堆满了毯子和脏盘子。一个脑袋从屏幕后面探出来，艾丽斯差点儿尖叫起来。

"我的天哪。"她说，"诺曼。"

"是我，你好。"他举起一只手。他的脸没有流露出任何感情。没有惊讶，没有愤怒，没有特别的兴趣。它只是说：你来了。

"抱歉，你吓到我了。"艾丽斯不知自己为什么要道歉。

诺曼把裂开的眼镜从鼻子上推到头顶。他瘦了很多，头骨从油腻的皮肤中突出来，灰发又长又软。他没有把头发从脸上拨开。

"你好吗?"他用奇怪而模糊的口音问。他挤出一个微笑,露出墓碑般的黑牙。

"很好。"艾丽斯说完又改口道,"其实不太好。没有人过得很好。"她以前几乎没和他说过话。"这么久了,你去哪里了?"

"到处都去。主要在这里。"

艾丽斯的心在胸腔中狂跳,她喉咙发麻,忐忑不安,就像在自由公司和罗杰说话时那样——一种渺小、几乎隐形的感觉。现在,一切快结束了,这种感觉不仅愚蠢,也没有意义。他只是一个人,她这样告诉自己。

"你是最后一个。"他说,走过几台坏掉的设备,直到站在离她几英寸的地方。他瞥了一眼她的肚子。"最后两个。"他身上的味道又脏又苦,好像几个月没有洗澡一样。

"我们有奖品吗?"

"回地球的单程票。哈!"他笑得很开心,仿佛这是他说过最好笑的话。

"但其实,你才是最后一个,诺曼。我要走了。"

"你回不来的。"

"我知道。"

"不,你不知道。"他交叉起双臂,"你们这帮人他妈的什么都不懂。"

艾丽斯的心跳太剧烈,几乎发痛。诡异的是,这感觉就像在自由公司时,自己将要做一场重要的 pre,她要向上司证明,她值得这份工作。最后一场眼花缭乱的表演,一场自我牺牲。

"你怎么知道我是最后一个?"她问。

"我在摄像机里看见你了。我好几天没看到其他人了。"

"但是它们都坏了。"

"还有一个能用。看。"他指着墙上一块屏幕,它正在拍一条无人的走廊,"你有个幻想中的朋友吗?"

"嗯?"

"我总看到你在和什么人说话。"

艾丽斯摇了摇头,没有理会这个问题。"这段时间你都在干什么呢——藏在这个房间里?"

"我在休息。"

"你抛弃了我们。你连宣布节目结束,做些计划的体面都没有——"

诺曼嗤之以鼻。"根本没有计划。你明知会有风险。"他搓了搓脸,移动着脸上的污垢。"没人逼你们来。"

"好吧,现在大家都走了。"艾丽斯发现她对诺曼一无所知——他结婚了吗,有孩子吗,在地球上留下了谁。提起他时,没人会说这些,仿佛他不是真人。"你现在有什么打算?"

"我会坚持到最后。"

就像蒂朵那首歌，艾丽斯心想。"最后是什么时候？"

"最后就是最后。"他顿了顿，"你后悔来了吗？"

"这问题问得多奇怪啊。"

艾丽斯退出诺曼的卧室，向控制室的窗外望去。她还没准备好，但她还会准备好吗？二十年前她吞下那些药片时，觉得自己准备好了。如果药效更快，如果没有呕吐，她就在十六岁那年消失得无影无踪了，这一切都不会发生。

"去吧。"诺曼说，"打开窗户。怎么，你不想让我看见吗？"

"你是个彻头彻尾的混蛋，你知道吗？"

诺曼用一根手指指着她，说："你到不了我的位置，如果不——"

"如果不做个混蛋？那你只是屋子里的一个人罢了。"

他叹了口气，避开她的目光，向自己的座位走去，他吃力地爬上设备，差点儿绊倒。

"你们总算滚了。"他喃喃自语。

他按下一个按钮，门关上了。


终于，只剩艾丽斯一个人了，大概是吧。临近终结，这感觉没什么特别的，就像生活中的其他时刻一样。艾丽斯试着回忆起《卡迪什》，来驱散这些无趣的感受——不是祷词，而是那种感觉、那种节奏——但她当然做不到。

她只能想起阿门。她从不相信上帝,但她打算开门时,这个词却悄悄地从她嘴里溜了出来。

"阿门。"她说,"阿门,阿门,阿门,阿门。"

不应该是这样的。应该……我不知道,充满诗意吗?这就是宗教的作用,不是吗?为空虚的时刻赋予诗意。她确实记得一篇祷词,《主祷文》。她是通过反复记诵学会的,而不是信仰,但既然她想起了它,它的宏大和深邃似乎很合适。她想起学校礼堂抛光的木地板和布满灰尘的帷幕。初秋的凉意掠过她裸露的双腿。一条穿上发痒的绿色短裙。青春。

她先踢掉了运动鞋。鞋子残破不堪,里面全是黑色的汗渍。她想光着脚死去,让沙子填满脚趾缝。

"我们在天上的父。"她低声说。

宝宝欣喜地转了个身。很好,它说。继续。艾丽斯的眼中涌出泪水。她擦去眼泪,继续背诵祷词。

> 愿人都尊你的名为圣
>
> 愿你的国降临
>
> 愿你的旨意行在地上
>
> 如同行在天上
>
> 我们日用的饮食,今日赐给我们
>
> 免我们的债,如同我们免了人的债

莫娜免了我的债吗？也许没有。我原谅地球了吗？也许是吧。它不是那么差劲的星球，至少不完全是。艾丽斯的手伸向金属把手。手感冰凉。她收回手。现在还不到时候。

不叫我们遇见试探；救我们脱离凶恶
因为国度、权柄、荣耀，全是你的
直到永远

她停下来，做了两次深呼吸，然后说："阿门。"在她脑海中，一千个女孩齐声说道，她们的制服是矮精灵的绿色。声音在古老的大厅中回响。再见，她想。所有这些记忆很快就消失了，所有这些念想。

她又向把手伸出手，深吸一口气，屏住呼吸打开窗户。她来不及多想就躬身跨了出去。脚下的沙子柔软美丽。她踢上了门，坐在地上。外面热多了，大概有四十度，就像赛维尔的夏天。只要我呼吸，她想，一切就都结束了。她闭着气，环顾四周，望着广阔的粉色沙漠和中枢2号的废墟。她右边是农场，左边是控制人员宿舍——两者现在都已废弃。她感觉到脸上的阳光，温暖而滋养。微风拂过她的额头，带走她的汗水。无上的幸福。远处的湖泊在低洼处闪闪发光。没有窗户，湖泊似乎更近了——看起来很真实。她依然屏着呼吸。宝宝在踢她。呼吸，妈妈，呼吸。她再也忍不住了。维持她生命的过程也能置她于死地。

艾丽斯呼出气，停顿片刻，然后第一次吸入 Nyx 的空气。唔。她的肺并不痛。味道很好，也很正常。她呼气又吸气。她没有死。她靠在中枢上。身体紧贴着发烫的金属，觉得很沉。她在呼吸着氧气，她很确定。也许我已经死了，这里是天堂？毕竟我已经念过《主祷文》了。圣彼得认为我没问题，让我进去了，尽管我有罪。

她抓住窗户，手指抠着边缘，但它封得很严。从外面是打不开的。

她慢慢站起来，靠着中枢支撑自己，脱到只剩脏内衣，把衣服留在地上。谁在乎呢，这里没有人看她。脚下的沙子很烫，而湖泊是那么遥远。在老电影里，人们被困在沙漠，就会走向绿洲。她就是这样打算的。艾丽斯艰难地向前走了几米，回头看中枢最后一眼——但它消失了，不在那里了。目之所及，只有粉色沙子和蔚蓝天空，粉色沙子和蔚蓝天空。连她的衣服也不见了。

"你回不来的。"诺曼对她说，"你们这帮人他妈的什么都不懂。"

我一定已经死了。

无所谓。没有什么能让她惊讶了。她转过身继续走。

半小时过去了,一小时过去了。湖更宽阔,也更清澈了,比起靛蓝,更像紫罗兰色。

两小时后,艾丽斯满身大汗。她渴极了。她没有带水。

湖周围开始出现其他颜色和形状——粉色、蓝色、紫色、橘色和黄色,野生的外星植物,花朵和树木。*海市蜃楼!* 她心想。她哼着《阿拉伯的劳伦斯》中的曲调。汗水流进她嘴里,淌过她的背和双腿。她舔到了嘴唇上的盐分。她想休息,但一旦休息,就没法继续走了。

湖泊周围的树长着粉色的树干和蓝色的叶子,枝头挂满橘色的果实。艾丽斯曾经读到过,当你濒临死亡时,会做最后一次目眩神迷的梦。这样你就会平静而心甘情愿地离去,就像被送去屠宰的失去知觉的动物。艾丽斯不在乎。她很开心。肾上腺素充斥着她的身体。她开始奔跑。她还没有死。死后是一片虚空,而这种感觉不像虚空。

沙子渐渐消失了。她踩在树枝和岩石上,双脚开始流血。树荫下的空气凉爽湿润。一些果实落在了地上。她捡起一个——柔软而坚实,就像熟透了的柂果——她用指甲挖进去,果实裂开,露出粉色的果肉。它的味道酸甜可口,像是菠萝和草莓的结合体,口感像牛油果,但和这些又都不一样。这是她离开地球以来吃过的最美味的东西。她的双手沾满黏黏的果汁。她舔了舔手指。鸟儿在她头顶歌唱。不，不是鸟儿，而是某种带翅膀的 Nyx 生物。一只火虫叮在了她肩膀上，她把它赶跑了。她的皮肤发红发肿，但没关系——不会比蜜蜂蛰一下更糟。多年以来，她第一次被叮，感觉很新奇。

最后，她走到了湖边，湖面色彩斑斓，平静清澈。艾丽斯将脚趾浸入水里。略微有一点凉，但刚刚好。她走进水中，脚上的水泡开始刺痛，但她十分感激。水没过她的肚子，浸透了她的内衣。

"这是一片湖。"她对腹中的宝宝说，"我们在地球上也有。"艾丽斯双手捧成碗，掬起一捧水，喝了下去——清凉甘美，让人愉悦。微风吹过她的脸，她打了个寒战。她欣喜若狂地笑了。"就是这种风。"她说。

她闭上眼睛，享受皮肤上起鸡皮疙瘩的感觉。小生物在她周围游来游去，挠着她的腿。它们还没有名字。雨轻轻地落在她脸上，滴滴嗒嗒。她潜入水下，屏住呼吸游了几米，没有抬头换气。她可能在任何地方。她可能在地球上。她可能在汉普斯特德荒野的池塘里。她浮出水面睁开眼睛，发现天空比中枢上空的更暗，太阳低垂，散发出蜜桃色的光芒。她甚至可以看见天空中有一颗恒星，或是另一颗行星，闪着微光。她已经到了暮色的边缘。

水体。

微风。

皮肤上的阳光。

雨。

星星。

夜晚。

所有这些东西,她现在都有了。

湖水尚浅,她可以站起来。水位到她的脖子。她准备再次入水时,听到了什么声音——一声叫喊,两个音节,一个女声。

"什么?"艾丽斯说。

那人又喊了一声。第三次时,艾丽斯听见了自己的名字。是熟悉的声音。

"艾丽斯!艾丽斯!"

岸边有个女人,站在树前,在湖更暗的那一侧——太远了,艾丽斯认不出来。她看上去没穿衣服,或者只穿了很少的一点衣服。那个身影在空中挥舞着双手。艾丽斯眯起眼睛,努力地想看清楚。那个女人有着长长的卷发,垂到腰间,就像莫娜一样。当然。那就是我妹妹。她在等我从水里出来。我们会在湿内衣外面套上衣服,穿过公园,太阳落山时,我们在黄昏中瑟瑟发抖地走回家。

"艾丽斯!"

嘘,她想着,闭上眼睛。我不在这里。我在地球上。

我在池塘里，水草挠着我的脚趾。冰凉的水感觉真好，仿佛可以治愈一切。一只白色的大天鹅游过，身后跟着三只毛茸茸的灰色小天鹅。这是我在地球上最喜欢的地方。没有伦敦的影子。这座城市似乎消失了——不见了！

"等一下，莫娜。"她轻轻地说，"我来了。"

Everything You Ever Wanted
by Luiza Sauma
Copyright © by Luiza Sauma, 2019
First published in Great Britain in the English language by Penguin Books Ltd.
Simplified Chinese translation copyright © Beijing Imaginist Time Culture Co., Ltd., 2025
All rights reserved

封底凡无企鹅防伪标识者均属未经授权之非法版本

著作权合同登记图字：23-2024-009

**图书在版编目（CIP）数据**

所有你想要的 /（英）路易莎·萨乌马著；李云骞译. -- 昆明：云南人民出版社，2025.2. -- ISBN 978-7-222-23090-3

Ⅰ. I561.45

中国国家版本馆CIP数据核字第20241CB531号

**特约策划：**李　缇
**责任编辑：**柳云龙
**装帧设计：**LitShop
**内文制作：**马志方
**责任校对：**柴　锐
**责任印制：**代隆参

# 所有你想要的

[英]路易莎·萨乌马 著　李云骞 译

| 出　　版 | 云南人民出版社 |
|---|---|
| 发　　行 | 云南人民出版社 |
| 社　　址 | 昆明市环城西路609号 |
| 邮　　编 | 650034 |
| 网　　址 | www.ynpph.com.cn |
| E-mail | ynrms@sina.com |
| 开　　本 | 787mm×1092mm　1/32 |
| 印　　张 | 11.25 |
| 字　　数 | 198千 |
| 版　　次 | 2025年2月第1版第1次印刷 |
| 印　　刷 | 山东韵杰文化科技有限公司 |
| 书　　号 | ISBN 978-7-222-23090-3 |
| 定　　价 | 68.00元 |